Hugo Holstein

Johann Reuchlins Komödien

Ein Beitrag zur Geschichte des lateinischen Schuldramas

Hugo Holstein

Johann Reuchlins Komödien
Ein Beitrag zur Geschichte des lateinischen Schuldramas

ISBN/EAN: 9783743635357

Hergestellt in Europa, USA, Kanada, Australien, Japan

Cover: Foto ©Andreas Hilbeck / pixelio.de

Weitere Bücher finden Sie auf **www.hansebooks.com**

JOHANN REUCHLINS KOMÖDIEN.

EIN BEITRAG

ZUR GESCHICHTE DES LATEINISCHEN SCHULDRAMAS.

VON

HUGO HOLSTEIN.

HALLE a. S.,

VERLAG DER BUCHHANDLUNG DES WAISENHAUSES.

1888.

Unveränderter fotomechanischer Nachdruck

ZENTRALANTIQUARIAT
DER DEUTSCHEN DEMOKRATISCHEN REPUBLIK
LEIPZIG 1973

Druck: (52) Nationales Druckhaus VOB National, 1055 Berlin, DDR
Ag 509/33/73 234

VORWORT.

Die dem Drama des 15. und 16. Jahrhunderts gewidmeten Studien haben in neuerer Zeit einen überaus hohen Aufschwung genommen. Sie verdanken denselben der immer mehr geförderten Erforschung derjenigen Bildungselemente, welche die der Reformation vorangehende glanzvolle Zeit des Humanismus geweckt hat.

Zu den hervorragendsten Gestalten in der Geschichte des deutschen Geistes zählt Johann Reuchlin, der mit Recht der Vater unserer griechischen, lateinischen und hebräischen Studien, der Phönix der Wissenschaften an der Wende des 15. zum 16. Jahrhundert genannt wird.

Die volle Würdigung der grofsen Verdienste Reuchlins um die Ausbreitung der Sprachwissenschaften in Deutschland hat Ludwig Geiger in seinem auf den umfassendsten und gründlichsten Studien ruhenden Werke: „Johann Reuchlin, sein Leben und seine Werke" (Leipzig 1871) erbracht; der von demselben Gelehrten in musterhafter Form herausgegebene Briefwechsel Reuchlins (Tübingen 1875) zeugt von den mannigfachen Beziehungen, in welchen der gelehrte Schwabe zu den Trägern der Wissenschaft gestanden hat.

Dafs Reuchlin auch dem Lustspiele seine Aufmerksamkeit zugewandt hat, ist ein Beweis von seiner wissenschaftlichen Vielseitigkeit; die beiden von ihm in kurzer Zeit verfafsten lateinischen Komödien gehören zu den besten dramatischen Schöpfungen jener Zeit und waren viele Jahre hindurch ein nachahmungswertes Vorbild für andere Dramatiker.

Die erneute Herausgabe der Reuchlinschen Komödien entspricht einem lange empfundenen Bedürfnisse. Es kam dabei
nicht allein auf eine korrekte Wiedergabe des Textes an, sondern es schien auch eine Berücksichtigung der mannigfachen
litterarischen Verbindungen nötig, welche die Herausgabe der
beiden Komödien von 1497, dem Jahre ihrer Entstehung, an
im Gefolge gehabt hat. Unter diesen Umständen glaubte ich
auch eine möglichst genaue Bibliographie derselben zum Gegen-
stande meiner Untersuchung machen zu müssen und habe zu
diesem Zwecke die einzelnen noch vorhandenen Exemplare, die
sich im Besitze der öffentlichen Bibliotheken befinden, soweit
mir dieselben erreichbar waren, mit möglichster Sorgfalt geprüft.

Hierbei gestatte ich mir den Vorständen der Bibliotheken
für die freundliche und wohlwollende Unterstützung, die ich
durch ihre Güte erfuhr, meinen verbindlichsten Dank zu sagen,
insbesondere den Vorständen der Bibliotheken zu Berlin, Bern,
Bremen, Breslau, Dresden, Göttingen, Hamburg, Hannover, Heidelberg, Leipzig, München, Nürnberg, Oldenburg, Stuttgart, Tübingen,
Wernigerode, Wien, Wolfenbüttel, Würzburg und Zwickau.

Durch spezielle Nachweise haben mich außerdem die Herren
Professor Dr. Michael Bernays in München, Dr. Goldlin
von Tiefenau in Wien, Professor Dr. Hartfelder in Heidel-
berg, Ober-Bibliothekar Professor Dr. von Heinemann in
Wolfenbüttel, Archivrat Dr. Jacobs in Wernigerode, Oberlehrer
Dr. Knod in Schlettstadt, Direktor Prof. Dr. Laubmann in
München, Ober-Bibliothekar Prof. Dr. Schnorr von Carolsfeld
in Dresden, Ober-Bibliothekar Professor Dr. Schott in Stuttgart,
Professor Schwarze in Frankfurt a. O., Professor Dr. Steiff in
Stuttgart und Ober-Bibliothekar und Archivdirektor Dr. Wustmann
in Leipzig zu besonderem Danke verpflichtet, den ich an dieser
Stelle zu wiederholen mir gestatte.

Herrn Dr. Johannes Bolte in Berlin habe ich den Nachweis
der beiden Handschriften zu danken, deren Benutzung mir die
Königliche Bibliothek zu Erfurt und die Königliche Universitäts-
Bibliothek zu Upsala in zuvorkommendster Weise gewährte.

Durch die gütige Übersendung der beiden Handschriften, welche die Herren Bibliothekare Dr. Annerstedt in Upsala und Dr. Auermann in Erfurt zu vermitteln die Güte hatten, wurde ich in den Stand gesetzt, die der ersten Drucklegung der einen Komödie vom Jahre 1498 vorangehende handschriftliche Überlieferung, welche auf Reuchlins eigene Textesgestaltung zurückgeht, genau zu prüfen. Aufserdem aber erschlofs sich durch die weitere Durchsicht des in Upsala befindlichen Wimpheling-Codex eine erstaunliche Fülle bisher noch unbekannten, besonders für die Geschichte des Heidelberger Humanismus höchst wertvollen Quellenmaterials, das der Veröffentlichung noch harrt.

Sollte durch meine Arbeit die Entwicklungsgeschichte des lateinischen Schuldramas einen Schritt weiter gefördert worden sein, so würde ich mich für alle angewandte Mühe reichlich belohnt sehen.

Wilhelmshaven, 1. Mai 1888.

H. Holstein.

INHALT.

EINLEITUNG.

Nach dem am 24. Februar 1496 erfolgten Tode des Herzogs Eberhard von Württemberg sah sich Johann Reuchlin, der sich seit 1482 der Gunst seines fürstlichen Freundes zu erfreuen gehabt hatte, genötigt, Stuttgart, die Stätte seiner bisherigen Wirksamkeit zu verlassen; denn er mußte fürchten, daß der nichtswürdige Augustinermönch Konrad Holzinger, dessen Verhaftung er vordem veranlaßt hatte, seinen Einfluß auf Herzog Eberhard den Jüngeren, den Erben der württembergischen Krone, geltend machen werde, um sich an ihm zu rächen. Holzinger war aus dem Gefängnisse, in dem er sich seit Ende 1488 befand, unmittelbar nach dem Regierungsantritte des neuen Fürsten entlassen worden. Ratlos suchte Reuchlin einen Zufluchtsort. Da seine Freunde Bernhard Schöferlin in Frankfurt und Peter Bonomus in Augsburg ihm die ersehnte Stätte nicht verschaffen konnten, so wandte er sich an Johann von Dalberg, Bischof von Worms und Kanzler des Kurfürsten Philipp von der Pfalz, der ihm bereits im Jahre 1491 seine treue Hilfe angeboten hatte.

Wohl auf dem Fürstentage zu Frankfurt, wo die Wahl des Erzherzogs Maximilian zum römischen König stattfand (Februar 1486), hatte der Freund der Wissenschaften den gelehrten Reuchlin kennen gelernt. Seit der Zeit hatte sich um die beiden Männer ein zartes Freundschaftsband geknüpft. Als der Bischof, um mit seinem Freunde Adolf Occo, dem Leibarzte des Kurfürsten, die griechische Sprache zu treiben, an Reuchlin die Bitte um einen kurzen, in dieser Sprache verfaßten Leit-

faden richtete, veranstaltete dieser eine Sammlung griechischer
Gespräche nebst Übersetzung, welche er dem Bischof widmete
(1489), und liefs bald die Schrift von den vier Dialekten
der griechischen Sprache, die Frucht seiner Pariser Studien,
und mehrere Übersetzungen aus dem Griechischen in das Deutsche
und Lateinische folgen. In einem huldvollen Schreiben vom
12. Dezember 1491 dankte der Bischof zugleich namens seines
Bruders Friedrich für die wertvolle Gabe, die ihm Reuchlin
verehrt habe. „Du darfst mit Recht glauben“, so schrieb er,
„dafs wir dafür sorgen werden, Dir unsern Dank dafür beweisen zu können. Wir werden Dich gern zu den Unsrigen zäh-
len und Dich willkommen heifsen; alles was unser ist soll
auch Dir gehören. Ich hoffe, dafs jener Sturm, an den Du
in Deinem Widmungsschreiben erinnerst und den auch wir am
Himmel drohen sehen, mit gröfserer Ruhe vorüberziehen wird,
als wir vermuten. Mögen Deinem Herrn, dem Stifter und
Erhalter des Friedens, dem besten Fürsten, noch viele Lebensjahre beschieden sein; mag Gott das Unglück abwenden, das
sein Tod dem Lande bereiten würde.“ Und nun bietet ihm
der edle Bischof eine Zufluchtsstätte an. „Sollten sich aber
die Dinge unglücklich gestalten, so wirst Du uns und meinen
Bruder so finden, wie Du uns genannt, nämlich ein Asyl für
ein künftiges Geschick. Nichts wird als unser Eigentum gelten, was Du nicht auch als das Deinige anzusehen berechtigt
sein wirst.“
Die von Dalberg gefürchtete Gefahr trat zunächst nicht
ein, wohl aber mufste der Bischof es erleben, dafs ihm das
bischöfliche Recht der Rats- und Gerichtsbesetzung vonseiten
der Wormser beanstandet wurde. Er schrieb an Reuchlin, der
sich in Worms befand (5. Oktober 1495), wie er sich freue
ihn in seiner Nähe zu wissen; er möge ermessen, ein wie
grofses Unrecht ihm widerfahren sei. „So wisse denn“, so
fährt er fort, „dafs ich, schon ehe ich von Deiner Ankunft
Nachricht erhalten, beschlossen hatte, Dich in Anbetracht unserer
Freundschaft und des gegenseitigen Wohlwollens zu ersuchen,

so schnell als möglich Dich zu mir zu begeben, um mir den
Dienst eines wahrhaften und beständigen Freundes zu erweisen.
Ich bitte Dich, die jetzt sich bietende gute Gelegenheit zu
benutzen, und beschwöre Dich zu mir zu kommen; denn ich
werde mit Dir vieles zum Heile des Staates und unserer
Ruhe besprechen."

Ob Reuchlin der dringenden Bitte folgte, darüber verlautet
nichts; wohl aber wissen wir, dafs er sich in der Stunde
der Gefahr seines treuen Beschützers erinnerte. Im Laufe des
April 1496 traf er in Heidelberg ein, wo er als willkommener
Gast aufgenommen wurde.

In Heidelberg hatte in den letzten Jahrzehnten des 15. Jahrhunderts der Humanismus eine freundliche Heimat gefunden.
Zwar ging die Förderung der humanistischen Bestrebungen nicht
von der Universität aus, auf der die scholastische Theologie im
Bunde mit den Rechtswissenschaften, in den alten Bahnen sich
bewegte; aber um den hochsinnigen Johann von Dalberg hatte
sich ein Kreis humanistisch gebildeter Männer geschlossen,
die ihre Lebensaufgabe darin setzten, die aus Italien herüber-
gebrachten Schätze des klassischen Altertums ihren Zeitgenossen
zugänglich zu machen, sich selbst an dem Geiste der Alten zu
nähren und den unfruchtbaren Wust mittelalterlicher Schulweis-
heit zu entfernen. Hier hatte der von Dalberg berufene hoch-
begabte Rudolf Agrikola, der Begründer des geistigen Lebens
in Deutschland, wenn auch nur kurze Zeit, aber doch äufserst
fruchtbringend bis zu seinem Tode (1483) gelehrt; hier hatte
Jakob Wimpheling von 1471—1483 als Lehrer der Humanitäts-
wissenschaften und Vorsteher des Artisten-Kollegiums gewirkt,
bevor er die Dompredigerstelle in Speier annahm; hier war der
erste gekrönte Dichter Deutschlands, Konrad Celtes, ein gern
gesehener Gast; hier war der Sitz und Mittelpunkt der von ihm
gegründeten und unter Dalbergs Vorsitz bestehenden allgemeinen
litterarischen Gesellschaft *(Sodalitas litteraria Celtica),* zu welcher
die hervorragendsten Vertreter des Humanismus, auch auswär-
tige wie der gelehrte Abt des Klosters Sponheim Johann Tritheim,

Konrad Peutinger in Augsburg, Wilibald Pirkheimer in Nürnberg, Ulrich Zasius in Freiburg u. a. gehörten.[1] Ein reger geistiger Verkehr, der von dem eifrigen Johann von Dalberg gefördert wurde, herrschte unter den in Heidelberg ansässigen Mitgliedern, zu denen Dietrich von Pleningen, Johannes Vigilius (Wacker), Adam Werner von Theinar, Konrad Leontorius, Johannes Drakontius u. a. gehörten.

In diesen Kreis trat Reuchlin. Bald fühlte er sich heimisch; der mit bangen Sorgen um seine Zukunft erfüllte Gelehrte konnte wieder frei aufatmen, und als ihn der Kurfürst Philipp auf Dalbergs Verwendung auf ein Jahr zum obersten Zuchtmeister seiner Söhne mit dem Titel eines fürstlichen Rates ernannte,[2] Dalberg ihn zum Vorstand der bischöflichen Bibliothek berief, da glaubte er den Höhepunkt des Glückes erreicht zu haben.

Unter dem Wechsel von Arbeit und Zerstreuung[3] war der Sommer des Jahres 1496 vergangen. Reuchlin beschäftigte sich mit Übersetzungen aus dem Griechischen, namentlich aus Homer. Zum Feste Johannis des Täufers war ein Ausflug der Heidelberger Humanistenschar in Aussicht genommen.[4] An demselben beteiligten sich als Gäste des Bischofs Johann von Dalberg: Reuchlin, Franz Bonomus, damals Sekretär der in Heidelberg residierenden Königin Maria Blanca, Heinrich von Bünau,

---

1) Sektionen dieses Humanistenbundes waren die rheinische *(Sodalitas Rhenana)* und die Donau-Gesellschaft *(Sodalitas Danubiana)*, sowie die fünf übrigen von Konrad Celtes gestifteten Gesellschaften. Morneweg, Johann von Dalberg. Heidelberg 1887. S. 173 ff.

2) Urkunde vom 31. Dezember 1497. R. erhielt die in jener Zeit bedeutende Besoldung von 100 Gulden nebst einem Hofkleide und der Beköstigung von zwei Pferden.

3) In Vigilius' Behausung fanden häufig heitere Zusammenkünfte statt; „bis tief in die Nacht hinein kostete Reuchlin die Weine seines Freundes, auf die Gefahr hin, im Nebel des Erwachens seine Kleidungsstücke mit denen des Freundes zu verwechseln." Strauß, Ulrich von Hutten I, 192.

4) Geiger, Reuchlin S. 44. Morneweg a. a. O. S. 195 ff.

der Geheimschreiber der Herzöge Friedrich und Johann von Sachsen, und Johannes Vigilius. Man besuchte zuerst Oppenheim, den Geburtsort des Bischofs, zog dann zu Schiff nach Coblenz, von da die Mosel hinauf nach Cues, wo die Bibliothek des ehemaligen Kardinals Nikolaus von Cues in dem von diesem gestifteten Hospitale besichtigt wurde. Am 4. Juli trafen die Reisenden zum Besuche des Abtes Tritheim in Kloster Sponheim ein, dessen wohlgeordnete kostbare Bibliothek ihre hohe Bewunderung erregte. Das Kloster Sponheim war um seines gelehrten Abtes und der dortigen Bibliothek willen der Anziehungspunkt für fürstliche Personen und hohe Prälaten, besonders aber für die Gelehrten jener Zeit, von denen manche längere Zeit dort verweilten, um unter der Anleitung des Abtes ihre Studien zu machen. Da dieser die Gewohnheit hatte, die Namen der hervorragendsten Männer, welche das Kloster aufsuchten, aufzuzeichnen, so sind uns auch die Namen der Teilnehmer jenes Sommerausfluges überliefert worden.[1] Auch damals schon besaß der Abt ein Verzeichnis seiner Bücher, das ungefähr 1500 Werke aufwies. Er hat dasselbe damals dem Ritter Heinrich von Bünau mitgegeben, es aber nicht zurückerhalten, wie wir aus einem Briefe des Abtes an Hartmann Schedel vom 11. März 1502 ersehen.[2]

Daß die Reisenden auch Freunde des Scherzes waren, davon liefert Reuchlins Zorngedicht auf den Ritter Heinrich von Bünau einen deutlichen Beweis.[3] Das Gedicht schildert in jambischen Senaren die scherzhafte Erbitterung Reuchlins

---

1) Trithemius, *Chronicon Sponheimense ad a. 1496.* in *Trith. Opera hist. ed. Freher* II, 408.

2) Ziegelbauer, *Historia rei litter.* III, 276.

3) *Joannis Reuchlin Phorcensis Iracundia in nobilem et strenuum Henricum de Bünaw equitem auratum et virum consultissimum in navigio illustrissimi domini Joannis Camerarii Dalburgii antistitis Wormatiensis ex profectione Cusana redeuntis anno MCCCCLXXXXVI°.* Die Wiedergabe des noch nicht bekannten Gedichtes müssen wir uns versagen.

über Bünau, der auf der Moselfahrt den beiden Schifferinnen
in allzu ritterlicher Weise den Hof gemacht hatte. Das Gedicht
fand den Beifall der Sodalen und so entstand in Reuchlin der
Gedanke, einen weiteren Versuch im jambischen Versmaſs zu
wagen. Es kam ihm zunächst darauf an, die persönlichen
Beleidigungen des Konrad Holzinger zu rächen und dabei
manche Unsitte der Zeit lächerlich zu machen; eine Komödie
werde, wenn sie von den jüngeren Freunden des Humanismus,
welche der Bischof durch den Prämonstratensermönch Johannes
Drakontius unter der Oberaufsicht des Vigilius unterrichten lieſs,
aufgeführt würde, gleichzeitig zu einer lehrreichen und nütz-
lichen Übung der jungen Studierenden im lateinischen Ausdruck dienen. So schrieb Reuchlin die gegen den neuen
Kanzler des Herzogs Eberhard des Jüngeren, Konrad Holzinger,
gerichtete Komödie Sergius vel Capitis caput. Am Schlusse
des Prologs nennt er diese Komödie die Erstlinge *(primitiae)*
seiner dramatischen Studien; aber er sei, so fügt er hinzu, entschlossen, wenn die Komödie gefallen habe, noch andere und
zwar vollständige d. i. fünfaktige, wie es die alten Komödien
waren, zu verfassen. Aber der Bischof, dem Reuchlin nach
seiner Rückkehr von einer Reise seine erste dramatische Leistung übergeben hatte, konnte die beabsichtigte Aufführung der
Komödie aus besonderen Gründen nicht gutheiſsen, weshalb
dieselbe unterblieb. Da jedoch in den Studierenden die Lust
Theater zu spielen einmal erwacht war, so gestaltete Reuchlin
in kurzer Zeit einen ihm bekannten Stoff zu einer Komödie
um, welche am 31. Januar 1497 die erste Aufführung erlebte.
Es waren die Scaenica progymnasmata.

Bekanntlich hatte in der zweiten Hälfte des 15. Jahrhunderts das Wiedererwachen der Wissenschaften in Italien das
Studium des klassischen Altertums neu belebt. Besondere Pflege
erfuhren die Lustspiele des Plautus und Terenz, die an den
Höfen der italienischen Groſsen aufgeführt wurden. Aber man
wollte sich nicht mit der Aufführung altrömischer Dramen
begnügen; es zeigte sich vielmehr ein zweifaches Bestreben:

einmal, die römischen Dramen in die deutsche Sprache zu
übersetzen und damit das Drama der Alten in die Litteratur
der Neuzeit einzuführen; sodann wollte man in Nachahmung
der römischen Komödie neulateinische Dramen schaffen, um sie
von Studierenden und Schülern aufführen zu lassen. Auf diese
Weise entstand ein lebhafter Wetteifer, der das ganze Refor-
mationszeitalter hindurch anhielt und eine neue Gattung der
Litteratur, das lateinische und deutsche Drama des 16. Jahrhunderts, schuf, das die Kreise der Universitäten und der
gelehrten Schulen in reichem Mafse beschäftigte und einen der
wichtigsten Teile des Unterrichtsplanes gebildet hat.

Was die deutschen Humanisten vor Reuchlin zur Wieder-
belebung des Dramas gethan haben, beschränkt sich auf einige
Versuche, welche durch Reuchlins *Scaenica progymnasmata* in
den Schatten gestellt worden sind. In Heidelberg schrieb Jakob
Wimpheling 1480 sein gegen die Unwissenheit der mittelalter-
lichen Pfründenfresser gerichtetes, in einfache Gesprächsform
gekleidetes Lustspiel *Stylpho,* das er in seine bei der Ernen-
nung von Magistern der Philosophie gehaltene Promotionsrede
einschob;[1] und aus dem Jahre 1485 ist eine neulateinische,
ebenfalls in Prosa verfafste Komödie des Schulrektors Johannes
Kerckmeister zu Münster *Codrus* erhalten, welche aus einer
Reihe von Monologen und Dialogen besteht. Sie trägt das
moderne humanistische Gepräge, insofern in ihr die ganze scholastische Bildung mit ihrem „Küchenlatein" der Verachtung
preisgegeben wird.[2] In demselben Jahre, in welchem Reuchlins
Scaenica progymnasmata aufgeführt wurden, fanden zu Freiburg
und Augsburg Aufführungen von Dramen statt. Aber die zu
Freiburg aufgeführte Tragödie Jakob Lochers *de Thurcis et
Suldano,* mit welcher sich der Verfasser das Verdienst zuspricht,
den Schwaben eine bisher ungewohnte Schreibart eröffnet zu

---

1) *'Pro licentia in artibus viae modernorum anno [MCCCC]LXXX.'*
Den Beweis für die Jahresdatierung etc. werde ich an einem andern
Orte führen.

2) Archiv für Litteraturgeschichte XI, 328 — 341.

haben, ist eine Mischung von prosaischer und poetischer Erzählung und mehr eine Sammlung patriotischer und religiöser
Deklamationen, als eine dramatische Arbeit. Sie erschien bereits
in dem Jahre der Aufführung im Druck bei Johann Grüninger
zu Strafsburg. Auch die beiden Komödien, welche Joseph
Grünpeck im Jahre 1497 von jungen Patriziersöhnen Augsburgs
aufführen liefs, wurden in demselben Jahre veröffentlicht. Beide
sind in Prosa geschrieben und schon der Titel läfst ihren Zweck
erkennen.[1] Von dramatischer Bewegung ist keine Rede; der
behandelte Stoff der ersten Komödie ist geradezu kindisch:
Knaben beklagen sich über die Strenge ihrer Eltern und Lehrer
und werden zurechtgewiesen; Mädchen werden von einer Nonne
und einer alten Frau auf die Verwerflichkeit des Spielens hingewiesen. Zudem ist die Komödie bei der Feier einer bürger-
lichen Hochzeit gespielt worden. Die zweite, welche Grünpeck
am 26. November 1497 in Gegenwart des Kaisers Maximilian
aufführen liefs, behandelte den Streit zwischen Virtus und
Fallacicaptrix vor dem Richterstuhle Maximilians und gab den
Anlafs zu des Verfassers Berufung in die Dienste des Kaisers.

Wenn Reuchlin von Konrad Celtes und Ulrich von Hutten
der Begründer des neueren Lustspieles genannt und als solcher
gefeiert worden ist, so mag das insofern nicht ganz zutreffen,
als schon vor seinen *Scaenica progymnasmata* Dramen aufgeführt und durch den Druck veröffentlicht worden sind; allein
nicht der historische Standpunkt hat die beiden Zeitgenossen
Reuchlins zu jenem Lobe veranlafst, sondern die Rücksicht auf
den dramatischen Wert der Reuchlinschen Komödien, durch
welchen sie alle früheren übertreffen. Der ehrgeizige und ruhm-
süchtige Celtes würde sich nicht zu einem so enthusiastischen
Lobe verstiegen haben, wenn er nicht die Überzeugung gehabt
hätte, dafs sein zu Ehren des Kaisers Maximilian veranstaltetes
Festspiel *Ludus Dianae,* das am 1. März 1500 im Schlosse

---

1) *Comoedie utilissime omnem latini sermonis elegantiam con-
tinentes, e quibus quisque optimus latinus evadere potest.*

zu Linz aufgeführt wurde, dem Reuchlinschen Stücke bedeutend nachstehe.[1] Auch die späteren von Jakob Locher, Heinrich Bebel und Christoph Hegendorffer gedichteten Komödien können auf den Namen von kunstgerechten Dramen keinen Anspruch machen. Erst Georg Makropedius, der als der bedeutendste Dramatiker des 16. Jahrhunderts anzusehen ist, hat Reuchlins Muse überstrahlt.

Reuchlin hat sich gern der Heidelberger Tage erinnert, in denen ihn ein fröhlicher Freundeskreis umgab und die Sorgen des Lebens vergessen liefs. Als im Herbst 1498 Jakob Wimpheling nach Heidelberg zurückkehrte, um hier seine akademische Thätigkeit wieder aufzunehmen, wurde die Humanistenschar um ein neues wirksames Mitglied vermehrt. Im nächsten Jahre verliefs Reuchlin die liebgewordene Stätte, zunächst um im Auftrage des Kurfürsten eine Reise nach Rom zu unternehmen und dann nach Württemberg zurückzukehren, wo infolge der veränderten Regierungsverhältnisse sich ihm ein neuer schöner Wirkungskreis eröffnete. Nur ungern sahen ihn die Freunde aus der schönen Neckarstadt scheiden. Vergeblich versuchten sie ihn zurückzuhalten, vergeblich baten sie ihn zurückzukehren, der drei Jahre hindurch eine Zierde des Heidelberger Humanismus gewesen war.

---

1) In diesem Festspiele treten aufser dem Dichter mehrere in hohen Staatsämtern befindliche Männer auf, nämlich der Kanzler Peter Bonomus, der kaiserliche Sekretär Joseph Grünpeck, der gekrönte Dichter Theodor Ulsonius und Vincentius Longinus, der bei dieser Gelegenheit aus der Hand des Kaisers die Dichterkrone empfing.

IOANNIS REVCHLIN PHORCENSIS

SCAENICA PROGYMNASMATA

HOC EST

LVDICRA PRAEEXERCITAMENTA.

A codex Erfordiensis 1497
B codex Vpsaliensis 1497
C ed. princ. Io. Bergmanni de Olpe 1498.

PERSONAE.

Prologvs
Henno villanus
Elsa uxor Hennonis
Abra filia Hennonis et Elsae
Dromo servus
Greta villana
Alcabicivs astrologus divinaculus
Danista pannicida mercator
Petrvcivs patronus
Minos iudex
Choravles et Chorvs.

———————

PROLOGVS.

Novus poeta sentiens actoribus
Spatium deesse temporis quo se parent
Vertit statim quam fecerat comoediam
In ludum anilem, quem vocat progymnasmata,
5 Nec argumento nec stilo sublimia.
Nam uxoris aes reconditum vir invenit
Ac subtrahit, servo remandat improbo.
Idem furatur atque iuri sistitur,
Astu advocati ipsum advocatum decipit.

10 Non est soluta oratio, sed vinculis
Iambicis trimetris ligata comice.

Optans poeta placere paucis versibus
Sat esse adeptum gloriae arbitratus est,
Si auctore se Germaniae schola luserit
15 Graecanicis et Romuleis lusibus.
Nobis favete nunc et huius fabulae
Aures benignas commodate actoribus.

ACTVS PRIMVS.

ELSA. HENNO. DROMO.

Elsa. Muliercularum est misera condicio hercule
Atque iis magis quae sunt maritis coniuges.
20 Hoc usque sensi quae viro sum subiuga.

Incipit Commedia quę inscribitur Progymnasmata Scenica *A*
Ioannis Reuchliu phorcensis Comędia quam inscripsit progymnasmata
Scęnica id est pręexercitamenta: quibus adolescentes comicę pronunciationis et gestus de se periculum faciant *B* 14 autore *ABC* 15 rho-
mulęis *B* rhomuleis *C* 17 Auris *BC*

Quaecunque nendo operamque dando, domesticis
Curis, lucris negotiisque villicis
Vel quaerito vel condo parsimonia,
Totum hoc meus ludit maritus et bibit,

25 Vt vix mihi lodix supersit sutilis,
Pauper lacerna, ricula et calyptra: iam
Non ego capillos plagulis connexito.
HEN. Faxo sciam, tantum quid uxor murmurat;
Ne forte sensit quid dolo subtraxerim

30 De eius crumenula. Sed est mirum unde tot
Sibi aureos corraserit muliercula.
Sum ego vir et vix de omnibus laboribus
Totius anni vel talentum congero.
Huic autem heri octo sum furatus aureos

35 Latenter ex loculo, loco vix credito.
Adeo mea uxor parca parsimonia
Plus multo agit quam ego laboribus, tamen
Et hoc quidem non nihil in annuis lucris
Venit recensendum, quod in dies bibo,

40 Ludo, sed et scortor aliquando et balneor.
Id me beat, tritum quod est proverbium:
Tenax requirit prodigum. Ille ego ipse sum,
Et illa rursum haec ipsa sit necesse erit.
Sed adorior tumultuantem feminam.

45 Vxor, bonum sero. ELS. Et quidem sero nimis,
Nil serius mihi est bono, cui labor
Tantum diurnus incubat, quod vesperi
Iam vix queam prae pigritudine hiscere.
HEN. Quodcunque sit laboris utrique, attamen

50 Nil nostrum utrique, quod sciam, reliqui est super;
Quin ego annuo labore quem graviter fero
Vix suparum post omnia mihi in lucro est.

---

23 querito *A C*   25 sutulis *A*   26 caliptra *A*   29 Nǫ *B*
31 coraserit *A* corroserit *C*   44 feminam *C*

Semilacer incedo resartis vestibus,
Id ego usque adhuc mecum moleste cogitans,
55 Quod ad oppidum mihi migrandum quotidie est
Ad honestos et voluptuarios viros,
Quibus affero caseum, nuces, lac, olusculum,
Poma et pira et genus id meorum fructuum.
Statui quidem Danistam, amicum filiae
60 Nostrae, prece oppugnare. Scis quem nomino?
ELS. Scio: qui in oppido tenax mercator est
Nostramque vult domi suae ancillarier.
HEN. Recte tu: enm statui precari ut crederet
Palmas decem vel vilioris lanei
65 Panni, manuleata quo mihi paenula
Fieret, vel amplius ex eo si emungere
Possem, idque verbo nuper ei insinuaveram,
Dicens peculium haud mihi ullum extare nunc.
Conicere sat valui nec invitum foro.
70 Quare hic Dromo legandus est in oppidum,
Ferat mihi a Danista eum pannum in diem
Credendum, ubi aeris atque opum plus suppetat.
ELS. Tu loquitor illi in rem tuam quicquid voles.
Ego exeo, ut curem interea, ut stabulent boves.
75 HEN. Heus tu Dromo. DRO. Quid est? HEN. Veni, haud
       clam te est meus
In te animus ille amans tui et fidelior
Quam caeteris erga suos famulos sit: hinc
Tuam fidem in re quadam ego repeto ardua
Occultius quam alias nihil petiverim.
80 DRO. Sis certus: isti dixeris lapidi et luto.
Quicquid tacendum est, optime tacebitur.
HEN. Mea uxor, ut nosti, se pauperem facit

---

53 incędo C   55 quottidie A   65 penula ABC   69 Conij-
coro AB Cöiicore C   70 opidum B   73 quitquid A   81 quitquid A

    Semper, nec ullum obolum dat, ingluviem ut mihi
    Satiet meam, nam alumnus illi ego libens
85 Sum, at illa contra mihi nequaquam; eo fui
    Cautior in inquirendo, si peculium,
    Quod parcitate sua lucrata aliquando sit,
    Aliquo loci pessumdatum aut absconditum
    Valerem ea absenti excavare furaciter.
90 Quid pluribus? repperi in eo ipso saepto, item
    Et in ipso eodem ovium ultimo praesepio
    Octo aureos a femina reconditos,
    Quos te velim Danistae ut afferas cito,
    Huic pannicidae, nosti? in oppido, viro
95 Mihi meisque valde amico. Dro. Novi ego,
    Nam et ille me novit vicissim. Deinde quid?
    Hen. Pro iis mihi ut pannum bonum mittat velim,
    Quo lautius redimiculum fieri queat,
    Ne semper et pannosus et tam sordidus
100 Incedere ad sodalitatem et symbolum
    Cogar bibendi aut balneandi tempore.
    Dro. Fiat. Hen. Cave utiliter geras tibi quae impero.
    Dro. Fiat. Hen. Pecunia nemini alteri, cave.
    Dro. Fiat. Magister admonet, quod ipsemet
105 Non negligenter eram secuturus, mihi ut
    Retinerem et aurum, nec darem cuiquam alteri.
    Sed pannum ab illo pannicida emungere
    Ex credito et vendere peregrino viro
    Data pecunia, simul quam ego furer,
110 Sententia est mea, sic volo, sic proposui.

---

83 obulum *ABC*   86 Caucior *C*   88 pessundatum *ABC*   90 reperi *A* septo *AC*   91 presepio *A*   92 femina *C*   94 opido *B*
98 laucius *C*   100 Incedere *C*   simbolum *A*   105 neglgienter *C*
sequuturus *ABC*   109 ego om. *A*

ELSA. GRETA.

Els. Queritur maritus miseriam, totum aes bibit,
Dilapidat argentum suum tam prodige,
Quam si leves essent aristae. Ego secus,
Nam quandocunque datur, subduco nummulum
115 Commutoque argentum clam in aurum haud segniter,
Quod cumulo et inde condo sub praesepio.
Hic ludus, haec mea est voluptas maxima.
Nam saepe bis terve in die loculum exuo
Videoque si sit aurum et an speciosius
120 Quam fuerit antea, sic item reconditur.
Nunc vado item meopte more, dum Dromo
Iussum capessit, dum loquuntur invicem.
Heus tu crumenula, quam beate et bellule
Vales? sed ecce quid? evoluta singula
125 Cerno. Papae! heu miseram me! hoc exsecrabile,
Hoc luctuosum, hoc anxium infortunium.
Crumena non est. O propinqua subveni
Vicina Greta, funditus sum perdita.
Gret. Amica valde mihi atque cara, quid Elsa hoc est
130 Quod clamitas? Els. Heu funditus sum perdita,
Ablata vita est, victus imminutus est.
Gret. Dic mihi, quid? Els. Auri aliquantulum congesseram,
Defoderam in praesepe clam meo viro.
Nunc cum maritus luget indigentiam,
135 Veni meam resciscitans opulentiam,
Loculum evolutum et aurum abactum comperi.
Heu me miserrimam! Gret. Scio quid factites.
Els. Quid? Gret. Est in oppido mathematicus, satis,
Aiunt, peritus astrolabri et manticus.
140 Eamus, uno solido mercabimur

---

116 presepio C   122 capescit AC   125 Pape C   133 prosepe A
138 opido B

Holstein, Reuchlins Komödien.   2

Virum, quod indicet peculii furem.

Els. O solidum feliciorem Caesare!

Gret. Eamus. Els. Ibo, manebit usque vir domi.

CHORAVLES. CHORVS.

Mortalium iocunditas volucris et pendula

145 Movetur instar turbinis quem nix agit sedula.

Quid ergo confiditis in gloria?

Qui dives est penuriam formidat ignobilem,

Instabilis fati rotam semper timet mobilem

Degitque vitam prope fallibilem.

150 Qui pauper est nihil timet, nihil potest perdere,

Sed spe bona laetus sedet, nam sperat acquirere

Discitque virtute deum colere.

ACTVS SECVNDVS.

ALCABICIVS. GRETA. ELSA.

Alc. Ptolemaeus in libris Alarbamakalet

Artes magisterii bonas nobis dedit:

155 Astrorum et omnium quae scire caelitus

Homines decet, stellarum et erronum situs,

Signorum amicitias et intutus graves,

Domuum locationem, ut inde singulam

Nos rem queamus scire, sive futura sit

160 Seu denique praesens aut praeterita.

---

142 feliciorem *BC*   145 quam *ABC et omnes libri praeter edit. a. 1614*   151 letus *AB*   153 Ptolomeus *AC*   155 celitus *AC* 156 docet *C et omnes libri praeter edit. Spiegel. 1519*   errorum *C* 158 Domum locationum *C*   160 presens aut preterita *A*

GRET. Audis quid iste astrologus augurat oscitans?
Ex circulo hoc se dicit nosse singula.
Vis ut loquamur de tuo thesaurulo?
ELS. Quidni? libenter. ALC. Eoquis est? GRET. Aliquae.
                                ALC. Quis est?
165 ELS. Est femina, privata, paupera, egena, inops.
GRET. Tace. ALC. Haec domus non pauperes sed divites
Amat, repellit pauperes, abitedum.
GRET. Magister, esset ista abundans maxime,
Si per furum licuisset heu petulantiam.
170 Nam hoc tempore est praereptum huic peculium,
Quod humi defossum habebat. ALC. Hora cedo qua?
ELS. Iam circiter secundam. ALC. Hoc est scitu dignum.
Aries, dein taurus, dein gemini, dein
Cancer, dein leo, dein virgo, dein
175 Et libra, tum scorpio, malum hoc signum notat.
ELS. Quin pessimum. ALC. Tacete. Sexta domus cadens.
Rursus malum. Mulier, rogo qua parte, quo
Momento et horae punctulo quove atomo?
ELS. Ecastor haud meminisse possum horologiumque
180 Aedituus ille noster indocte regit.
ALC. Qui ignorat ignorabitur, vel aestima.
ELS. Post portionem mediam erat, recte scio.
ALC. Bene est, fuit tum triplicitatis tertius
Mercurius, hic dominusque quaestionis est.
185 Hoho silete, calculis negotium
Totum brevi tenebo perfectissime.
Immo teneo: senex vir est et villicus
Caputque tectus pileo ad latus rubro
Nebrideque pectus decorat hirsuta nimis.
190 ELS. Certe marito similis est. GRET. Tace obsecro.
ALC. Bibit libenter. ELS. Certe is est. GRET. Tace obsecro.

---

164 Alique A   aliqua C   165 femina   171 cedo C   174 Cance O
181 estima BC   183 tercius C   189 hyrsuta A

ALC. Et balneatur. ELS. Atque is est. GRET. Tace obsecro.
ALC. Scortatur in mirum modum. ELS. Hic non est meus,
Nam me recumbentem sibi vix basiat.
195 ALC. Illi fuit quondam arcta tecum habitatio.
ELS. Vetera hic nimis commemorat, haud scio quis est.
Teneris solemus ludere annis latius.
GRET. Tace modo. ALC. Vnus e villa est qua victitas.
Astronomicae leges vetant plus dicere.
200 Praestate vaticinanti oblatum solidum.
ELS. Tene magister, suspicor male, nescio.
ALC. Valete. ELS. Certe mehercules tetigit virum
Meum. GRET. Invenis multos viros eiusmodi,
Ego nequivi segregare neminem.
205 Sic est locutus in viros quam plurimos.
Putas, maritus hanc tuam crumenulam
Optaret expilare, egenti qui daret?
ELS. O Greta, nescis omnium mentes virorum
Et te peto, nolis cuiquam fidere.
210 Sed ecce quid maritus et Dromo parant?
GRET. Rixantur inter se. ELS. Vnde tantum esset mali?

DROMO. HENNO. ELSA.

DRO. Pecuniam simulque pannum detinet
Danista, ait te affore sibi perendie.
HEN. Quod si nequisset pannicida eum mihi
215 Tecum dare (ut rediens acute disputas),
Tu debuisses de pecunia secus.
Sed uxor intrat. Tu cave pecuniam
Ne nomines. Danista quid locutus est?
DRO. Et se et sua omnia dat potestati tuae
220 Petitque filiam sibi ancillarier.

---

194 vix ter petit *A*   197 lacius *C*   200 Prestate *A*

Hᴇɴ. Fieri potest. Eʟs. Dromo nec optat nec petit.
Hᴇɴ. Quare? Eʟs. Quia inter se odiunt nihil Dromo
Et filia. Expedi marite negotium.
Hᴇɴ. Dromo. Dʀo. Quid est? Hᴇɴ. Aliud nihil responderat?
225 Dʀo. Nisi ut valeres tu et magistra salubriter,
In proximo emporio velit tecum loqui.
Hᴇɴ. Sat est. Eum tueantur optimi Ioves.
Eʟs. Et ego opto felix valeat usque vir bonus.

CHORAVLES.   CHORVS.

Digna sunt Apolline
230   Quae concinunt poetae,
           Quo coruscant numine
           Divinitus prophetae.
           Diligamus ergo nos
           Vates caelitus sacros,
235   Quorum ludos scaenicos
           Ostendimus facete.

ACTVS TERTIVS.

HENNO.   ELSA.   DROMO.

Hᴇɴ. Ehodum redegi cuncta nunc in ordinem,
Quae mecum ituri in oppidum ferte ad forum,
Vt veneant quam plurimi. Eʟs. Num tu traham
240 Frugibus onustam lateribus venum trahes?
Hᴇɴ. Non. Vos abite, caulem, olusculum, allium,
Lac, caseum portate supra verticem,

_____

228 felix C   229 appolline A   232 prophete AC   235 sce-
nicos A   238 opidum B   239 veneant B   240 venum B

Partim quoque et suffarcinate vestibus,
Quicquid potestis ferre, ferte ad nundinas.
245 Nam auro est opus non aliter atque vita. Els. Ita
Censeo quidem. Hen. Praeibo, vos sequamini.
Dromo, Dromo, mecum, sed fenum baiula
Adeoque binos tolle fasces quoad potes.
Dro. Curabo recte. Hen. Iam veni. Dro. Venio modo.

DANISTA. HENNO. DROMO.

250 Dan. Pecuniam fers Henno? Hen. Cur pannum mihi
Hoc cum meo Dromone nullum miseras?
Aut cur et ipsos aureos datos tibi
Octo retentas? Nisi tui fidentior
Essem, nihil non suspicarer, ut solent
255 Qui nesciunt quis improbus vel quis probus.
Dan. Tu vero habes pecuniam atque ego pecunia
Careo, fidem tuam secutus maxime.
Hen. Iuro aureos dedisse, qui nil sumpserim.
Dan. Pannumque iuro dedisse, qui nil sumpserim.
260 Hen. Veni Dromo. Tibi isto pannum tradidit?
Dro. Non. Hen. Ecce. Dan. Tune pecuniam dederis mihi?
Dro. Non. Dan. Ecce. Hen. Pannum tune portasti Dromo?
Dro. Non. Hen. Ecce. Dan. Crede, dedi Dromoni quindecim
Panni boni ulnas, tibi referret credito.
265 Hen. Quid credito? numeravi in huius ego manus
Octo aureos. Dro. Factum, magister, pernego.
Hen. Et ego, Danista, ulnam vel ullam pernego.
Dan. Fateor, tibi, Henno, non dedi, famulo dedi.
Dro. Factum, Danista, pernego. Dan. O probe vir Dromo,
270 Non inde sic evaseris trilittere.
Dro. Trilittere? hoc quid est? num fama laeditur?

---

244 Quitquid *A*   246 preibo *AC*   247 foenum *BC*   253 te *C*
260 istum *C*

Famam viro obfuscas? magistratus vetat.
DAN. Trilitterumne nomen est suis aut bovis?
Quid? si bovem te nominem? sed o Dromo.
275 DRO. Quid o Dromo? feci nihil quod dedecet.
DAN. Iudicio sisti te spondes? DRO. Spondeo.
DAN. Quin iam? DRO. Placet. DAN. Promitte. DRO. Promitto.
DAN. Veni.

CHORAVLES. CHORVS.

Musis, poetis et sacro
Phoebo referte gratias.
280   Visus nequit infirmitas
Apollinem contingere,
Illiterati caecitas
Nequit poetam cernere.

Musis, poetis et sacro
285   Phoebo referte gratias.
Hinc hostis est audaculus,
Qui nescit ullas litteras,
Poeticis ornatibus
Poeta vincit viperas.

290   Musis, poetis et sacro
Phoebo referte gratias.
Nisi fuisset vatibus
Infensus et contrarius
Thersita sive Zoilus,
295   Nil esset illis clarius.

---

276 sisti respondes *ABC*   281 Appollinem *A*   282 cecitas *AC*
294 Tersita *ABC*

ACTVS QVARTVS.

DROMO. PETRVCIVS.

Dro. Salve perite iuris et miseris pater,
Patrone, consul, rhetor et legum sciens.
Petr. Non admodum misero pater, sed diviti.
Nam liberi, uxor et domus multis egent,
300   Quos cogor educare mercenarius,
Quare nihil me pauper unquam divitat.
At vade pauper. Abi, miser me nil beat.
Dro. Quid? si lucri ex causa tibi quid nascitur?
Petr. Potest quidem hoc, sed cedo quid negotii est?
305   Dro. Nosti Danistam? Petr. Feneratorem malum?
Novi. Dro. Trahit nunc me ante iudicem sagax.
Petr. Quare? nam oportet sciscitari singula.
Dro. Meo magistro quid referre debui
Octo aureis sumptis, eos non tradidi,
310   Sed credito mercem recepi et vendidi.
Nunc postulant uterque, utrisque pernego.
Nequeunt probare uterque propositum suum.
Petr. Causam bonam foves, si dimidium dabis
Octo aureorum, at est secus si non dabis.
315   Dro. Cui darem? Petr. Mihi patrono, nam mea
Opera solutus eris ab hac instantia.
Dro. Duos dabo, miserere paupertatulae.
Petr. Fiat. Cave nil nisi Ble respondeas.
Si quaero quae, tu redde Ble atque aliud nihil.
320   Dro. Faciam. Petr. Duos mihi polliceris aureos?
Dro. Promitto, dummodo vicero. Petr. Modo viceris.
Eamus huc. Iudex tribunal occupat.

---

304 cędo *C* negocii *BC*   305 Fęneratorem *B*   307 Quare
nam? *C*   318 Blę *B ubique.*

MINOS. DANISTA. PETRVCIVS. DROMO.

Mi. Praeco, iube silentium. Adversarii
Vbi sunt? Abest nomencalator nominum.

325 Dro. Compareo, iudex, et aio quod Dromo
Vlnas recepit panni adusque quindecim
Metiente me pretiique nil mihi solverit.
Cogatur ergo octo aureos persolvere.
Mi. Quid tu taces? Dro. Ble. Petr. Apparet hic surdus
miser.

330 Mi. Vade hinc Petruci, patrocinare surdo huic.
Petr. Ducendus, haud vocandus est, id sentio.
Mi. Curate vos causidici, ut unusquisque sit
Cum instructionibus paratus litium,
Ne ut antea turbemur in processibus.

335 Sed introit Petrucius iam, quem prius
Audire et expedire stat sententia.
Petr. Minos, miser surdaster atque mutus hic
Nequit fateri aut diffiteri nec loqui.
Sed consulo, Danista causam testibus

340 (Si vincere optat et obtinere) iam probet.
Dan. Taceatne sive loquatur, id refert nihil.
Ego solus hoc sibi solitario dedi.
Igitur probare nil queo, sed hunc peto
Iurare decisorium et calumniam.

345 Mi. Petruci, eum adduc, ut vel hunc interrogem.
Homo, Danistae quid respondendum putas?
Dro. Ble. Mi. Nou voles calumniam inferre improbe.
Dro. Ble. Mi. Interrogatus vera ne negaveris.
Dro. Ble. Mi. Sed probatione falsa ne utere.

350 Dro. Ble. Mi. Neve quos pecunia corruperis.
Dro. Ble. Mi. Differendam ne tibi litem pares.
Dro. Ble. Mi. Saepe Ble multumque Ble. Tibi suadeo,

---

323 Preco AB silencium C 327 preciique BC

Danista, ut hunc missum sinas, nil obtines.

DAN. Ego obsecundor et obsequor, valeat latro.

555   MI. Et ego, Petruci, absolvo sic clientulum.

CHORAVLES.   CHORVS.

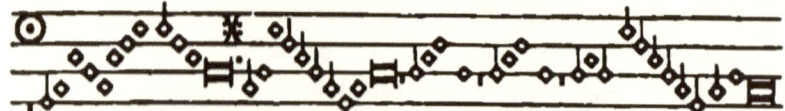

Cedant fori contentio et iurgia,
Si vis, quies ut sit tibi perpetua,
In atrio nam Tartari
Sunt et Minos

360   Et Aeacus
Et caeteri consules et advocati.

Vetat Musa sequacibus industriis
Frequentare iuridici subsellia,
Vbi vigent versutia

365   Calumnia
Mendacia
Doli mali proditoriaeque fraudes.

Sed hortatur te laurcis virentibus
Et caelestis Apollinis concentibus

370   Dies noctes incumbere
Et libere
Et impigre
Vt cum Phoebo sempiternus esse possis.

ACTVS QVINTVS.

PETRVCIVS.   DROMO.

PETR. Fortuna nobiscum fuit Rhamnusia,

375   Fortuna quae vertit revertit omnia,

---

356 Cedant *C*   360 Eacus *A*   366 Mendatia *AC*   369 cœle-
stibus *C et omnes libri*   Appollinis *A*

Bene vertit acta' quae ante iudicem egimus,
Quibus Danista te volutum prendidit.
Sed es solutus iudicis sententia
Opera mea et consilio et auxilio simul.
380 Quare tuam fidem oro, ne me proferas,
Quod iure pacti portionem sumpserim.
Multo minus tandem mihi stipulatus es.
Duos enim pollicitus es dare aureos,
Quos absque controversia merui proba.
385 Exspecto des. Dare vis, Dromo? Dro. Ble. Petr. Eiusmodi
Vltra haud oportet alloqui vocabulo.
Dro. Ble. Petr. Non oportet talibus nunc moribus,
Nam libere loqui vales iam. Dro. Ble. Petr. Nihil
Hac voce, soli cum sumus, deinde est opus.
390 Dro. Ble. Petr. Vis dare an non? te rogo. Dro. Ble. Petr.
Non ioco
Sed serio propere est eundum istuc mihi.
Dro. Ble. Petr. Versipellem mehercules te iudico,
Immemorem et ingratum mihi merito bene.
Vis solvere aureos duos mihi debitos?
395 Dro. Ble. Petr. Non quiescam, donec inveniam modum.
Solvendo sis, aliter minas male senseris.

ELSA. GRETA. HENNO. DROMO. ABRA.

Els. Vicina, nunc pendeo animi. Opperior virum
Ex oppido, Danista cui iurgatus est.
Timeo viri severitatem, nescio
400 Quorsum excidit rumusculus de iurgio.
Potens Danista, sed maritus fortior.
At ecce longe illum per arva incedere
Video, suas spargentem et inde et hinc manus:
Scire velim an assit pax, nimis sollicita sum.

---

378 sentencia C   380 me om. C   398 opido B   402 incędere C

405 GRET. Quid te attinet, pax iurgiumve respondeat?
     ELS. O Greta, nescis de Dromone et filia:
     Fuit clam habendum Hennone semper, filia
     Non nihil amat Dromonem et is magis quidem
     Rursus amat Abram ex intimo pectusculo.
410 Voluique utrosque combinare (ut est sacris
     Legibus apertum) matrimonialiter.
     Sed heu fortuna, quae domat mortalia,
     Ea noluit permittere, at succensuit
     Hodie maritus in oppido contra meum
415 Dromonem, et haec mihi cura maxima omnium est.
     Negligo crumenam, Greta, si vivat Dromo.
     GRET. Sine me tuum alloqui maritum, ubi venerit,
     Nam mansuefiet in modum passerculi.
     ELS. Tace, venit. HEN. Quis est domi? ELS. Vxor ipsa sum
420 HEN. Excandeo ludibrio me haberi, item
     Et infidelem et futilem et femineum.
     ELS. Quare, marite virque dilectissime?
     HEN. Quia Dromoni scelus apertum impingitur:
     Danista pannum credito dedisse vult,
425 Dromo negat, quod il ab hoc receperit.
     Adiere uterque iudicis sententiam.
     GRET. Vicine noster Henno salve. Nam salus,
     Vbi es tu, ibi est. HEN. Salveque Greta identidem.
     GRET. Quid rerum in urbe? HEN. Vxori ego dixi modo,
430 Quia Dromoni scelus apertum impingitur.
     GRET. Apertum? HEN. Vt ipsi aiunt. At id beat meam
     Erga hunc fidem, quod liber est sententia.
     ELS. Heus liber est? adolevit hic domi probe
     Semper probis et integris Dromo moribus.
435 Optavit autem filiam uxorem sibi

---

     410 conbinare *C*   414 opido *B*   419 sum *om. C et omnes libri*
     421 foemineum *C*   426 sentenciam *C*   430 inpingitur *A*   432 sen-
     tencia *C*

Quam saepe! nolui tibi, Henno, dicere
Nisi nunc. Hen. Dromo solutus ex sententia est.
Aegre Danista fert: uter constantior
Atque probior sit, iudicis sententia est.
440 Gret. Vis ergo tecum redeat ille in gratiam?
Scio ille ubi est. Hen. Volo. Gret. Veni Dromo citus.
Dro. Quid est? Hen. Frequens hodie fuit turbatio,
Quo nescio quis nostrum hoc incidit scelus.
Si dicis omnem rem, acta ut est, promittimus
445 Ego et uxor Abram filiam uxorem dare.
Dro. Vxorem? Hen. Ita. Dro. Breviter revolvam singula.
Tu Henno octo es uxori furatus aureos,
Pro panno ego quos pannicidae solverem.
Novi quod usurarius Danista sit.
450 Decepi eum his octo aureis mirum in modum,
Iuris peritum adeptus perfidum et nequam,
Quotam suam qui pactus esset litium.
Antistrephonte, syllogismo rhetorum,
Decepi eundem, quo institutus sum modo.
455 Nunc cuius est probitas proba ex sententia,
Peto filiam uxorem dari atque hos aureos
Loco dari dotis. Gret. Dromo bene indicat.
Elsa. Assentior, caream licet peculio.
Tamen nihil molestius perpessa sum
460 Vnquam a die qua nata sum, at consentio.
Gret. Decet, Henno, te nihil refragari modo,
Nam et fortis est et laboriosus et efficax,
Nec adhuc vir est, nec adhuc inventae proximus,
Pulcher, decorus. Hen. Filia, an placet tibi?
465 Abr. Placet. Hen. Ergo habe atque habeat, satis dos ampla erit.
Venite, adeste, estote amantes coniuges.
Quae contulit laboris aeviternitas,

---

438 Egre *C*   450 hiis *B*   453 Antistrophonte *AC*   455 sentencia *C*

Ea omnia in dotem damus. Els. Pax est rei.
Gret. Vobis salutem opto, huius et comoediae
470 Quibusque spectatoribus. Iam plaudite.

Acta ludis Februis in aedibus illustrissimi[1] principis et
reverendi domini Ioannis Camerarii Dalburgii Vangionum epi-
scopi Heidelbergae.[2] Egere Iacobus Dornberger, Iacobus Eltz,
Iacobus Lutz, Iacobus Merkel,[3] Iacobus Wimphelingus iunior,[4]
Erasmus Münch, Hieronymus Quaich, Ioannes Gnypo, Ioannes
Bühel. Modos fecit Daniel Megel.[5] Ioannes Richartshuser[6]
recensuit. Pridie Kalendas Februarias anno Mcccclxxxxvii.[7]

Post vero quam episcopus actores adolescentulos lauti-
tia[8] mensae suae liberaliter exhilaratos aureis quoque annulis
et simul nummis aureis quam munificentissime donasset, orationem coepit omnium sodalium nomine Valentinus Helfant
Wissenburgensis,[9] qua pro tam splendenti beneficentia hoc
modo gratias egit.[10]

Comicos hos ludos, illustris princeps et sacratissime pon-
tifex, quos ingenii exercitandi tantum ac[11] nullius lucri aut
quaestus[12] gratia instituimus, tuo nomini dedicamus aequissimo
iure. Tu enim et primus et solus es, qui humanitatis studia

---

1) illustris *AC* illustriss. *B*
2) Heydelbergę *AC*
3) Mẹrkel *B* Merckel *C*
4) iunior *om. A*
5) Modos — Megel *om. A Litura haec remota sunt:* Modos fecit
Philippus Endeca chordo anastrophos *A*
6) Rychershuser *A* Rychartshuser *B* Rychartzhuser *C*
7) Anno Mccccxcvij *AC sed add.* domini *C*
8) lauticia *BC*
9) Wyssenburgen *B*
10) Post vero — gratias egit *om. A* Postea *C*
11) atque *A* ac *om. C*
12) questus *AC*

et litteras politiores in hoc Heidelbergense lyceum,[1] in hanc
stoam (non enim vere[2] dixerim academiam, cuius Plato fuit
auctor,[3] quem adhuc publice sordidis naribus nauseant), sed
in hanc inquam scholam quasi humeris ipse tuis intulisti et
ab indoctis incultis et invidis veteratoribus quotidie defensitas,
adeo ut nullae sint litterarum deliciae,[4] nulla Germaniae
musa, quae non in tuas laudes merito[5] aspiret, te tuamque
illam nobilem familiam non in caelum usque summis efferat
praeconiis. Quod vero ab ingenita tibi beneficientia tam illustri[6] et maiori quam mereamur praemio[7] nos donare condeco-
rareque dignatus es liberalissime, nos universi de imbecillitate
studiorum nostrorum cogitantes certe nequimus pares tuae mu-
nificentiae gratias meditari. Sed hoc in omnium nostrum[8]
votis est uno assensu ac simili voluntate, ut optemus: Deus
optimus maximus longo aevo te nobis et litterariae reipublicae
prospere beneque valentem conservare[9] dignetur.

SEBASTIANVS BRANT.

Accipe, Vangionum praesul venerande, Ioannis
   Capnionis nostri comica dulciloqui,
Quo duce Germanos comoedia prisca revisit
   Et meruit soccis Rhenus inire novis.
5   Barbarico ex fumo flammas meus ille decoras
   Capnion elicuit: gratia multa viro.

1) Heydelbergense *B*   lycium *AB*   litiū *C*
2) vero *C*
3) autor *ABC*
4) delitię *BC*
5) merito in tuas laudes *A*
6) benofitia illustri *A*
7) premio *C*
8) nostrorum *A*
9) conservare prospere beneque valentem *A*

Multum docta cohors, multum cirrata iuventus
Debet Capnioni, multa Thalia meo.

Iacobi Dracontii Praemonstratensis ad iuventutem
Germanicam in Ioannem Reuchlin Phorcensem prae-
ceptorem suum, quod primus et solus inter Germanos
comoedia sit auctor,[1] panegyris.[2]

Huc ades, Aonidum qui ludere quaeris in umbra
  Germanoque faves integer ingenio.
Culta venit nobis gracili comoedia vultu,
  Nusquam Teutonicis antea nata scholis,
5 Quam longo ex Graecis rapuit sudore Latinus
  Atque aluit theatro non sine laude suo.
Haec eadem nobis triclinia prisca relinquens
  Exoritur primum et Teutones alma fovet.
Primus adest Reuchlin nostris et solus in oris,
10 Qui parat ad theatrum iam nova plectra novum.
Demissum superis nobis hunc censco vatem,
  Quo comicam stupida coepimus aure lyram
Doctam, Caecilii dignam Plautive cothurno,
  Vatibus est ideo non minor Ausoniis.
15 Est vir quippe suo sub pectore totus Aratus
  Divinusque Plato et magnus Homerus item.
Hic Solymas callet multo cum pondere chartas
  Et Latiam linguam volvit in ore potens.
Turbidus auratas ut ructuat Hermus arenas,
20 Dives Cecropias ille ita fundit opes.
Quod variis intus redolent arcana figuris,
  Ille hoc sub terra mente patenter alit.

---

1) autor
2) *Hanc laudationem omiserunt codd.*
4 Theutonicis   7 Hec   triclima   9 orie   21 archana

Plurima philosopho referenda est gratia tanto,
    Germanos numeris qui beat arte novis.
25 In biviis clamate virum, clamate per urbes:
    Nobis es, Reuchlin, gloria prima, pater.
Dicite: longa nimis per te calumnia cessat,
    Qua culpat Latium Teutones inscitiae.
Currite Germani, pedibus mox addite pennas,
30   Quos Rhenus tundit Danubiusque rigat,
Oceanusque undis quos Teutonus ambit opacis
    Et quos sub gelidis Vistula gyrat aquis.
Pergite, certatim doctum legitote poetam,
    Et placidus vobis rarus iambus erit.
35 Namque hic multimodus pedibus saliendo choraules
    In gyrum ducit, voce strepente choros.

Ad insignem virum magistrum Ioannem Richartshuser[1]
recensorem comoediae novae Ioannis Reuchlin carmen
Adae Wernheri Temarensis.[2]

Te duce res nostris agitur rarissima terris,
    Quondam, o Roma, tuis ludier apta scholis.
Vidi equidem et placuit ficti simulatio sexus,
    Gestus et in numeros qui salit arte chorus.
5 Plus tamen interior me significantia veri
    Commovet inque suos ars nova ficta dolos.
Huic vetus in nostris comoedia cede theatris,
    Iam libeat soccum conspicere arte novum.
Nunc ex Germano dabitur spectare poeta,
10   Mendicata prius quae tulimus Latio.
Prodeat in lucem saltem et te sollicitante
    Aere premente novum multiplicetur opus.
Sic tua, sic nostri crebrescet gloria vatis,
    Quem patria haec genuit, barbara dicta prius,

---

1) Richartzhusen.   2) *In codd. hoc carmen non exstat.*
32 girat   36 girum   7 cede   11 solicitante   13 crebescet

15 Cui des (praeter eam docuit quam Suevia tellus)
    Dat Pallas linguis posse sonare tribus.
    Vive, vale et valeat nostratis ille poeta
    Phorcensis, socco clarus in orbe novo.

ERSTER ABSCHNITT.

ALLGEMEINES.

Obwohl die *Scaenica progymnasmata* der Zeit nach die zweite Stelle einnehmen, so stehen sie doch der ersten Komödie Reuchlins an Bedeutung voran, da sie einen wesentlichen Fortschritt des Verfassers in der dramatischen Kunst aufweisen. Denn diese im engsten Anschluß an Terenz geschriebene Komödie ist nicht nur in Akte und Scenen geteilt und enthält nach den ersten vier Akten Chöre, sondern sie zeichnet sich auch durch eine weit lebhaftere und anschaulichere dramatische Handlung, durch eine durchaus kräftige und spannende scenische Entwickelung, endlich durch eine knappe und abgerundete Sprache aus und entspricht im wesentlichen den Forderungen der dramatischen Kunst. Zwar möchte man den Chören den rechten Rhythmus und die innige Verbindung mit der Handlung absprechen, aber selbst wenn man diesen Mangel anerkennen müßte, so sind doch die Vorzüge des Stückes so hervorstechend, daß sie, da die meisten lateinischen Dramen des 16. Jahrhunderts dieselben nicht aufzuweisen haben, den Verfasser mit Recht an die Spitze der dramatischen Litteratur der Neuzeit stellen.

Die Komödie wurde am 31. Januar 1497 im Hause des kurfürstlichen Kanzlers und Wormser Bischofs Johann von Dalberg zu Heidelberg in Gegenwart einer zahlreichen Versammlung von Gelehrten und Freunden der neuen humanistischen

---

17 nostrates

Richtung aufgeführt und erntete den ungeteilten Beifall der
Zuhörer. Dalberg beschenkte die jungen Darsteller, deren
Namen uns überliefert sind, mit goldenen Ringen und Münzen,
worauf namens der jungen Spieler Valentin Helfant aus Weifsenburg[1] in einer von Reuchlin verfafsten Rede dankte.[2] In
derselben wurde der Kanzler als der wohlwollende Beschützer
der Wissenschaften gefeiert, der den humanistischen Studien in
Heidelberg zuerst und allein Eingang verschafft, ja auf eigenen
Schultern gleichsam hereingetragen habe, der den Humanismus
täglich gegen ungelehrte, ungebildete und neidische Männer
verteidige, so dafs sein Ruhm durch ganz Deutschland strahle.
Zuletzt spricht der Redner den Wunsch aus, dafs Gott den
Bischof noch lange Jahre bei guter Gesundheit ihnen und der
gesamten Gelehrtenrepublik zum Frommen erhalten möge. Besonders bemerkenswert ist der Ausspruch Helfants, dafs die
Darstellung derartiger Spiele nur zur Übung des Gedächtnisses,
nicht des Gewinnes halber geschehe.[3]

Unter den Darstellern befinden sich mehrere, welche nach
Ausweis der Universitäts-Matrikel ihre Studien in Heidelberg
machten: Jakob Dornberger von Speier (immatrikuliert 15. März
1498), der Sohn des Vizekanzlers Dr. Thomas Dornberger;[4]

---

1) Er ist als Valentin Holfand de Wissenburgo am 9. Mai 1493 zu
Heidelberg immatrikuliert (Töpke, Matrikel der Univ. Heidelberg, I, 405);
er wurde 22. Aug. 1496 Baccal. des Zivilrechtes (Töpke a. a. O. II, 520).

2) So nach Spiegel im Kommentar fol. LXXV zu *orationem: ex
ingeniosa poetae nostri officina profectam.*

3) Dieser Zweck wird auch in dem handschriftlich überlieferten
Titel, welchen Reuchlin seiner Komödie gegeben hat, ausgesprochen:
*praeexercitamenta quibus adolescentes comicae pronunciationis et
gestus de se periculum faciant.*

4) In Wimphelings *Adolescentia* (1500) erscheint er mit folgendem Gedicht:

Verba impura cave, cantus et respus turpes,
Lascivum carmen virus habere puta.
Obscenas spectans picturas conspus, nam sunt
Turpia nulla tibi dissimulanda, puer.

3*

Jakob von Eltz (14. Dezember 1496), später Domherr zu Trier;
Jakob Lutz von Landau (31. Dezember 1494); Jakob Spiegel
von Schlettstadt, der als Jacobus Wimphelingus iunior erscheint
und diese Bezeichnung nach seinem Oheim und Erzieher, dem
berühmten Humanisten Jakob Wimpheling erhalten hat (7. Oktober 1497);[1] Erasmus Münch von Heidelberg (11. Januar 1497),
lehrte später als Professor der Rechtswissenschaften zu Heidelberg und war 1521 Rektor der Universität; Johann Knyp von
Worms (15. März 1498); Daniel Megel von Oppenheim (10. Juli
1497).

Daſs Reuchlins Komödie in den Schulen einen hervorragen-
den Teil der Lektüre ausmachte, beweist nicht nur der von
Jakob Spiegel verfaſste und in mehreren Auflagen erschienene
Kommentar, sondern auch die groſse Menge von Ausgaben des

Und an der Gedächtnisfeier der Universität für Marsilius von Inghen,
den ersten Rektor, beteiligte er sich mit folgendem Gedicht (1499):

> *Carmine sunt digni nova gymnasia instituentes*
> *Indeque Marsilius carmine dignus erit.*
> *Et quia sectatus pater est tua dogmata noster,*
> *Tu mihi Marsili iure colendus eris.*

1) Zu Wimphelings *Adolescentia* (1500) steuerte er folgendes Gedicht bei:

> *Qui ratione viges, multos dum surgis in annos,*
> *Prospicias senii languida membra tui,*
> *Ne tua dilapidans cogaris poscere nummos*
> *Teque premant canum frigora, bella, fames.*

Den Marsilius von Inghen feierte er mit folgendem Tetrastichon:

> *Marsilii adventu sol clarior aethere surgit,*
> *Heidelbergenses qui pepulit tenebras.*
> *Struxit hic ingressus ad quaevis dogmata primos*
> *Et clara in Budori perpetuavit opus.*

Budoris war der alte Name für Heidelberg. — Beide, Dornberger und
Spiegel, traten auch in den von Wimpheling verfaſsten Dialogen auf,
welche unter des letzteren Leitung am 9. Oktober 1498 im kurfürstlichen Schlosse zu Heidelberg vor dem Kurfürsten und dessen Söhnen
von den Studierenden gehalten wurden. Diese handelten hauptsächlich
von den Pflichten der Fürsten. *Wimphelingii Philippica (1498).*

Stückes, die besonders in Basel, Pforzheim, Leipzig, Wieu, Köln, Tübingen und Strafsburg veranstaltet wurden. Aber nicht allein als ein Gegenstand der lateinischen Lektüre fand die Komödie eine so grofse Verbreitung, sondern auch wegen ihres anziehenden Inhaltes wurde sie allenthalben hochgeschätzt; denn sie behandelt „in der klassischen Form und Regelmäfsigkeit einen neuen und beliebten Possenstoff im echten Volksgeschmack der Zeit."[1]

ZWEITER ABSCHNITT.
DIE FABEL DES STÜCKES.

Im Prolog, der an Stelle des Terenzischen Argumentes treten sollte, führt sich Reuchlin als ein neuer Dichter ein, der eine Komödie verfafst habe, die aber weder dem Inhalt noch dem Stil nach grofsartig sei. Er giebt darauf kurz den Hauptinhalt der folgenden Handlung an, bittet um Nachsicht und ist der Meinung, dafs er genug Ruhm geerntet hat, wenn die deutschen Theater auf seinen Anlafs sich in Schauspielen üben, die nach dem Vorbilde der griechischen und römischen Bühnenstücke geschaffen sind.

Akt I. Der Bauer Henno hat seiner Frau Elsa den mühsam ersparten Schatz von acht Goldstücken genommen, damit ihm sein Knecht Dromo dafür Tuch zu einem neuen Anzug kaufe. Seine Frau willigt in seinen Vorschlag, ihre Tochter Abra durch den Knecht dem Tuchhändler Danista als Magd anbieten zu lassen, gern ein; zugleich soll der Tuchhändler veranlafst werden, ihm das Tuch auf Kredit zu überlassen. Der Knecht erklärt sich bereit, den Auftrag auszuführen, nachdem er von seinem Herrn erfahren, dafs dieser das Geld gestohlen hat. Er beabsichtigt aber letzteres für sich zu behalten, von dem Kaufmann das Tuch herauszulocken und es

---

1) Gervinus, Gesch. d. deutschen Dichtung II⁴, 604.

anderweitig zu verkaufen. In der nächsten Scene entdeckt Elsa den Verlust ihres heimlichen Schatzes. Ihre Nachbarin Greta, die sie in ihrer Not zu Hilfe ruft, rät ihr, bei einem Astrologen Trost zu suchen. Sie gehen ab und der auftretende Chor besingt das schwankende Glück der Menschen; wie vom Wirbelwinde werde das Vergnügen hin und her getrieben; der Reiche fürchte entbehrenden Mangel und das bewegliche Rad des Geschicks, er führe ein trügerisches Leben. Der Arme dagegen fürchte nichts; er könne nichts verlieren, sondern hoffnungsreich blicke er in die Zukunft, die ihm Erwerb bringe, und in frommem Sinne lerne er Gott ehren.

Akt II. Der Astrolog rühmt zunächst den Umfang seiner Kunst und schildert, nachdem Elsa und Greta ihr Anliegen vorgetragen haben, den Dieb in einer so charakteristischen Weise, daß Elsa in dem Bilde ihren Mann nicht gern erkennen möchte. Inzwischen hat Dromo den Bauer um das Tuch und den Tuchhändler um das Geld betrogen. In einem Streite zwischen Herrn und Knecht behauptet der erstere, der Tuchhändler halte Geld und Tuch zurück; der letztere sagt, der Tuchhändler erkläre kein Geld erhalten zu haben. Als die Frau dazu kommt, berichtet Dromo, der auf Hennos Geheiß von dem Gelde schweigen muß, von dem Wunsche des Tuchhändlers, Abra zur Magd zu erhalten. Henno ist damit einverstanden, Elsa dagegen ist bedenklich, weil sie das zwischen Dromo und Abra bestehende Liebesverhältnis kennt. Der Chor schließt den Akt mit dem Lobe der Dichtkunst und ihrer göttlichen Gaben.

Der dritte Akt spielt in der Stadt, wohin sich die beiden Männer begeben haben, um die Angelegenheit mit dem Tuchhändler zu ordnen. Dieser stellt die Sache klar und es ergiebt sich, daß Henno und der Tuchhändler von Dromo betrogen sind. Der letztere fühlt sich beleidigt und verlangt die Entscheidung vor Gericht. Zuletzt beklagt der Chor die Blindheit der Unwissenden und rühmt die Macht der Dichtung.

Akt IV. Petrucius, der Anwalt, den Dromo als seinen Rechtsbeistand gegen den nach Beendigung des Prozesses zu

zahlenden Preis von zwei Goldgulden annimmt, rät diesem, vor
Gericht auf alle Fragen des Richters nur mit Ble zu antworten. Nun folgt eine höchst ergötzliche Gerichtsscene. Obwohl sich Danista bemüht die Anklage gegen Dromo aufrecht
zu erhalten, muſs er dennoch den Antrag auf Bestrafung desselben zurückziehen, da der Knecht mit seinem unaufhörlichen
Ble den Eindruck eines Blödsinnigen macht, sodaſs er von
der Anklage befreit wird. Der Chor ermahnt zur Beilegung
von Streit und Hader, denn bei Prozessen erringe nur List,
Verleumdung, Lüge und Verrat den Sieg; die Muse mahne
uns vielmehr, Tag und Nacht dem Apollo zu dienen.

Im letzten Akte wendet Dromo gegen den den Lohn für
seinen juristischen Beistand fordernden Petrucius dasselbe Mittel an, das dieser ihm dem Richter gegenüber anzuwenden
empfohlen hat, und betrügt nun auch den Anwalt. Elsa ist
wegen des Schicksals des Dromo in groſser Besorgnis; sie will
gern den Verlust ihres Schatzes verschmerzen, wenn Dromo
nur heil zurückkehrt. Sie beredet ihren Mann in die Verbindung zwischen Dromo und ihrer Tochter einzuwilligen, wenn
Dromo die Wahrheit sage. Dieser gesteht auch alles ein; er
erklärt mit gutem Grunde gehandelt zu haben, denn er habe
den Henno betrogen, weil dieser seiner Frau das Geld entwen-
det habe, den Tuchhändler, weil er ein Wucherer sei, den
Anwalt, weil er ein betrügerischer Sophist sei. Zum Lohn
erhält er die Abra zur Frau und die acht Gulden als Ausstat-
tung. So endet das Stück mit vollständiger Aussöhnung der
beteiligten Personen.

Obwohl dem Charakter der Komödie entsprechend die einander jagenden humoristischen Scenen den Zuhörer in fortwäh-
r, ender Spannung erhalten, so geht doch neben der komischen
und unterhaltenden Tendenz auch eine ernste. Denn es kam
dem Verfasser sicher auf eine Verspottung der Geheimniskrä-
merei und Wahrsagerei der Astrologen, der schlau angeleg-
ten Umtriebe der Juristen, sowie der häſslichen Gewinnsucht
beider an, sodaſs man die Komödie Reuchlins kurzweg als

eine Satire auf die Astrologen- und Advokatenkünste bezeichnen kann.[1]

DRITTER ABSCHNITT.

DIE VON REUCHLIN BENUTZTE QUELLE.

Fast allgemein hält man die *Scaenica progymnasmata* für eine Nachbildung des Maître Pathelin, einer im letzten Drittel

---

1) Seiner (Daventrie) 1513 erschienenen Ausgabe hat der münstersche Humanist Anton Tunnicius folgendes Argument beigefügt.

Antonii Tunnicii Monasteriensis argumentum in hanc Reuchlin comoediam.

Elsa multibibi Hennonis uxor et parca auri aliquantulum maximis laboribus congesti sub praesepio abscondit, quod Henno reperiens clam uxore Dromoni servo nequam tradit, ut pro eo pannum sibi a Danista pannicida afferat. Sed Elsa aurum ablatum videns dolet exclamat et lamentatur Gretamque vicinam ut sibi auxilio sit vocat. Greta igitur Alcabitium mathematicum consilii petendi causa accedens illi ut pecunie furem indicet solidum pollicetur: Alcabitius Hennonem ipsam abstulisse innuens Elsam haesitantem reliquit. Tum Dromo, qui et aureos cum panno credito accepto subtraxit, rediens ex oppido Danistam pannum cum nummis detinere ait, quem Henno subiratus paucis reprehendit. Sed paulo post nundinis appropinquantibus Hennonem cum Dromone et Elsa lac, allium, butyrum, caseos, poma, nuces et alia huiusmodi rusticorum more ad forum portantibus oppidum ingredientem Danista alloquitur: pecuniam, inquit, fers Henno? Ille excandescens se pecuniam dedisse et nihil panni recepisse respondet. E contrario Danista se pannum Dromoni nullo accepto obolo dedisse iuramento asserit, Dromo ab utroque vocatus nec ab Hennone pecuniam nec a Danista pannum accepisse neque illam huic neque hunc illi dedisse constanter affirmat. Servus itaque a pannicida ad Minoa iudicem citatus Petrucium rabulam, cui omnem declarat causam, adipiscitur, qui quattuor aureos exigens se eum liberaturum promittit, Dromoni, si interrogaretur, nihil aliud nisi Ble respondere iubens. Qui itaque sepius et semper Ble respondens absolvitur a iudice et Petrucium causidicum quattuor aureos exigentem sua ipsius arte, quam ab eodem doctus fuit ad unguem, nullo aureo praestito decipit. Denique pecuniam et pan-

des 15. Jahrhunderts entstandenen französischen Farce,[1] als deren Verfasser der um 1459 zu Poitiers geborene Pierre Blanchet bezeichnet wird, ein Advokat, zugleich Dichter, Verfasser von Satiren und Possenspielen, der 1519 als verstorben bezeichnet wird; denn aus diesem Jahre stammt die von seinem Freunde Jean Bouchet verfaſste Grabschrift, die den Wert einer Biographie hat. Wenn jedoch der älteste Druck des französischen Lustspieles nach der Vorrede der Pariser Ausgabe von 1723 bereits in das Jahr 1474 gesetzt wird, so dürfte schwerlich Pierre Blanchet als Verfasser gelten können.

Das französische Stück war sehr beliebt; es stammen aus dem 16. Jahrhundert nicht weniger als 20 Ausgaben; im Jahre 1723 wurde es von dem Buchhändler Coustelier, 1853 von Geoffroy-Château, 1854 von Génin herausgegeben; die neueste Ausgabe ist die von Paul Lacroix in *Recueil des farces, solies et moralités du quinzième siècle, par P. L. Iacob.* Paris 1876 p. 19 bis 116. Sehr ausführlich hat schon Etienne Pasquier (1529 bis 1615) den Inhalt der berühmten Farce in einer Abhandlung seiner *Recherches de la France* (VIII, 54) besprochen, welche so beginnt: *Je trouvay sans y penser la Farce de Maistre Pierre Patelin, que je leu et releu avec tel contentement, que j'oppose maintenant cet eschantillon à toutes les comedies grecques, latines et italiennes.*

Vergleicht man den Inhalt des französischen Stückes mit dem Reuchlinschen, so wird man allerdings Ähnlichkeiten, aber auch mancherlei Abweichungen finden. Die Hauptfigur ist nicht der Bauer Henno oder der Knecht Dromo, sondern der Advokat Maître Pathelin, der den Tuchhändler Joceaume dadurch überlistet, daſs er sich krank stellt, als dieser kommt,

num Dromo obtinens Abram Hennonis et Elsae filiam ampla cum dote et summa leticia in uxorem accipit.

Dasselbe Argument teilt Valentin Cremcow in seiner Ausgabe (1614) mit, ohne den Namen des Verfassers zu nennen.

1) Schon Melanchthon weist mit der Bezeichnung '*fabula Gallica*' (*Corp. Ref. XI, 1004*) auf den französischen Ursprung hin.

um sich sein Geld für das jenem verkaufte Tuch zu holen.
Er findet bei einem zweiten Besuche den Advokaten im Deli-
rium und giebt die Hoffnung auf, zu seinem Gelde zu kommen. Zu Hause klagt ihm sein Schäfer über Unfälle, die
seine Herde betroffen haben. Dieser wendet sich, da Joceaume
klagbar werden will, an den Advokaten Pathelin, der ihm den
Rat erteilt, vor Gericht auf alle Fragen mit *Bee* zu antworten.
In der Gerichtsverhandlung[1] erkennt der Tuchhändler, nachdem er seine Klage vorgetragen, plötzlich Pathelin, will von
diesem sein Geld haben, wird aber nicht nur mit der zweiten
Klage, sondern auch mit der ersten abgewiesen, da einerseits
Pathelin von der ihn betreffenden Angelegenheit nichts weifs,
anderseits der Schäfer für verrückt erklärt und freigesprochen
wird. Als endlich Pathelin vom Schäfer den ausbedungenen
Lohn fordert, antwortet dieser mit *Bee* und ergreift die Flucht,
als ihm der Advokat droht.[2]

Es läfst sich leicht erkennen, dafs Reuchlin das französische Original nicht nachgebildet, sondern nur die Anlage
desselben nebst einigen Einzelheiten, die ihm in der Erinnerung geblieben waren, für sein Stück verwertet hat. Es ist
daher ganz unrichtig, wenn behauptet wird, Reuchlins Lustspiel sei eine *imitation de la pièce française,* und ganz verfehlt
ist es, diese *imitation* als *mauvaise* oder *faible*[3] zu bezeich-

---

1) Der Ausspruch des Richters *Sus, revenons à ces moutons* ist
mit der Änderung der neueren Ausgaben *'revenons à nos moutons'*
sprichwörtlich geworden. Büchmann, Geflügelte Worte. Berlin 1882.
S. 301.

2) Eine genaue Inhaltsangabe sowohl des Maître Pathelin als des
Henno geben Geiger, Johann Reuchlin S. 82—88, K. Schaumburg,
Zeitschr. f. neufranz. Sprache u. Litteratur IX, (1887) S. 8—10. Letz-
terer hat auch eine eingehende Untersuchung darüber angestellt, wie die
Charaktere der Farce Pathelin sich im Henno wiederfinden (S. 12—18).

3) Brunet, *Manuel de Libraire. Par. 1863. IV, 1254.* — J. Parmentier *(Revue critique 1884. II, 144)* leugnet die Bekanntschaft Reuchlins mit der französischen Quelle. *Si un humaniste comme Reuchlin*

nen. Man will diese Behauptung auf die weite Verbreitung der französischen Farce stützen: *En effet, depuis longtemps la farce de Pathelin, répandue de tous côtés par de nombreuses réimpressions successives, avait passé à l'étranger et était devenue aussi populaire en Allemagne qu'en France.*[1] Aber sollte die französische Farce schon im Jahre 1496 nach Heidelberg gelangt sein, also zu einer Zeit, wo die französische Litteratur sich ganz und gar noch auf den heimatlichen Boden beschränkte? Anderseits ist auch nicht zu bezweifeln, dafs Reuchlin den Maître Pathelin gekannt hat, aber wohl nicht aus der Lektüre, sondern aus einer öffentlichen Darstellung zu Poitiers, wo er in den Jahren 1480 und 1481 verweilte, um seine juristischen Studien unter Hugo de Bauza und Bernhard Durandus zu beendigen, und wo er das von Petrus Vassali ausgestellte Lizentiatendiplom erhielt.[2] *Le savant professeur Reuchlin*, so führt der Bibliophile Jacob fort, *qui avait eu sans doute occasion de la voir répresenter, lorsqu'il suivait le cours de l'université d'Orléans, la paraphrasa en vers latins et fit jouer par ses élèves, en 1497, cette mauvaise imitation de la pièce française à Heidelberg, devant l'évêque de Worms, qui distribua des bagues et des pièces d'or aux jeunes acteurs.* Natürlich wurde diese naive Schilderung für die neueren Litterarhistoriker mafsgebend, und daher darf es uns nicht wundern, wenn wir in einer neueren Geschichte der französischen Litteratur lesen: 'Die aufserordentliche Verbreitung des französischen Stückes Maître Pathelin kann man auch daraus ermessen, dafs der gelehrte Humanist Reuchlin dasselbe von seinen Studenten in Heidelberg im Jahre 1497 lateinisch aufführen liefs.'[3] Was

avait connu la pièce française, il n'en aurait point fait une pauvre comédie qu'il appelle lui-même un jeu de vieille femme (ludum anilem v. 4).

1) Jacob, *Recueil des farces* etc. S. 16.
2) Das Diplom vom 14. Juni 1481 bei Geiger, Reuchlins Briefwechsel S. 6.
3) E. Engel, Gesch. d. franz. Litt. Leipz. 1885. S. 103.

die angedeutete Verbreitung betrifft, so ist dieselbe begründet; aber hinsichtlich der 'lateinischen Aufführung' dürfte die Beurteilung doch den Vorwurf der Oberflächlichkeit treffen. Den Thatsachen entsprechend wäre die Erwähnung einer lateinischen Übersetzung gewesen, welche schon im Jahre 1512 Alexander Connibert zu Paris erscheinen ließ und welche 1543 eine neue Auflage erlebte. Ob diese Übersetzung der berühmten Farce durch die große Verbreitung der 'lateinischen Paraphrase Reuchlins', wie Jacob Reuchlins Arbeit nennt, veranlaßt sei, ist nicht zu beweisen. Aber jedenfalls mit sehr großem Unrechte wird im *Théatre de Mr. de Bruyes* Tom. III in den *Remarques historiques* zum Advokat Pathelin behauptet, Reuchlin habe eine Übersetzung des letzteren unter dem Namen Alexander Connibertus drucken lassen.

Da die beiden genannten Übersetzungen zu den litterarischen Seltenheiten gehören, so führe ich ihre Titel vollständig an.

1. Pathelin, comoedia nova, quae Veterator inscribitur, alias Pathelinus, ex peculiari lingua in Romanum traducta eloquium, per Alex. Connibertum. Parisiis, Guillaume Eustache, 1512. 42 Bl. 16. (Ebert 15962).

2. PATELINVS. | Noua Comoedia, aliàs Veterator, è vulgari lingua in Latinâ traducta per Ale- | xandrum Cŏnibertum LL. doctorem, et | nuper quàm diligentissimè recognita: vt conferenti cum veteri exemplari planè | noua, hoc est longè terſior latiniſque auri- | bus gratior videatur. | Vignette mit der Inschrift Πλέον ἐλαίου ἢ οἴνου | Plus olei quam vini. | CVM PRIVILEGIO | PARISIIS | Imprimebat Simon Colinæus Franciſco Stephano. | 1543. — Am Ende: *PATELINI, SEV | Veteratoris fabulæ | FINIS. | 1543.* | (· ·) 28 Bl. 8. — In Bern.

Diese Ausgabe veranstaltete Ivo Morellus, Doktor beider Rechte, ein Neffe des Verfassers, dem er sie widmete. In dem Widmungsbriefe an seiner Mutter Bruder *(avunculus)*, der ebenfalls Doktor beider Rechte war, bemerkt er, daß es wohl zu den Merkwürdigkeiten gehöre, wenn ein praktischer Jurist sich in den Dienst des Apollo und der Musen stelle, wie es

der Verfasser schon in seiner Jugend gethan habe, und noch
jetzt vergehe keine Stunde der Mufse, in der er sich nicht
wissenschaftlich beschäftige. Weil aber die erste Ausgabe des
Patelinus durch die Unwissenheit des Druckers durch mannig-
fache Fehler entstellt sei, so habe er, um zugleich dem Oheim
für sein ihm bisher bewiesenes Wohlwollen zu danken, diese
neue Ausgabe besorgt. Die nun folgende Praefatio giebt in
lateinischen Distichen des Verfassers nach einer Einleitung den
Inhalt des Stückes.

> *Pingitur astutus, mulier percallida: pulchre*
> *Personam proprium cautus uterque gerit.*
> *Ardet avarus, at est qui surripit ecce bubulcus.*
> *Sic miser is perdit quaeque labore parat.*
> *Convocat hunc in ius: iudex cum reddere iura*
> *Tentat et ob furtum sumere supplicium,*
> *En patronus adest vulpina veste coopertus,*
> *Consulit agrestem verba caprina loqui.*
> *Et quando vario complentur iudicis aures*
> *Sermone: hic fatuus solvitur opilio.*
> *Sed non causidicus peccatum portat in annum:*
> *Continuo simili plectitur arte miser.*
> *Sic lex lata fuit, sic nostri rere parentes,*
> *Criminis artifices fraude perire sua.*
> *Ergo legas nostros posthac Martelle libellos,*
> *Perlege, saepe legas: quisque legendo sapit.*

Aus den letzten Worten darf man den Schlufs ziehen, dafs die
Übersetzung nicht eigentlich für eine Aufführung bestimmt war.
Zum Beweise, dafs dieselbe eine ziemlich wörtliche ist, führen
wir eine Stelle aus der Scene zwischen dem Advokaten und
dem Schäfer an, dem eben der Rat erteilt worden ist, vor Gericht auf alle Fragen mit Bee zu antworten:

> Pathelin. *A moy-mesme pour quelque chose*
> *Que je' le die, ne propose,*
> *Si ne respondz point autrement.*

Bergier. *Moy! Nenny, par mon sacrement!*
Dictes hardiment que j'affolle,
Si je dy huy autre parolle,
A vous, ne a autre personne.

    *   *   *

Veterator. *Sis firmus, et mihi quoque*
Quicquid tibi dicam, cave
Respondeas quicquam secus.

Opilio. *Egon tibi quicquam? aedepol*
Si praeter hoc quid dixero,
Audacter id tu dicito,
Quod ipse ego iam insanio,
Si unum secum dicam hoc die
Verbum tibi, vel cuiquam alii.

Als eine besondere Eigentümlichkeit darf noch die Einführung des Narren bemerkt werden, der alle Scenen in der Figur des Comicus mit seinem allerdings oft inhaltslosen Witze begleitet.

Bekannt ist, dafs Bruyes (1640—1723) im Jahre 1700 aus dem französischen Pathelin ein Lustspiel dichtete, in welchem ein Liebesverhältnis zwischen der Tochter des Advokaten und dem Sohne des Tuchhändlers Guillaume eingefügt worden ist. Diese Bearbeitung, der die 1656 in Rouen erschienene Komödie ‚*Tromperies, finesses et subtilités de maître Pierre Patelin, avocat d Paris*' zu Grunde liegt, wurde 1706 im *Théâtre français* zu Paris aufgeführt und sehr beifällig aufgenommen. Sie fand auch in Deutschland Eingang. Denn am 11. Mai 1767 wurde das Stück auf der Hamburger Bühne zur Darstellung gebracht, wodurch Lessing Gelegenheit fand, sich auch über das Original zu äufsern. Er sagt über den 'Advokat Pathelin': 'Es ist eigentlich ein altes Possenspiel aus dem 15. Jahrhundert, das zu seiner Zeit einen aufserordentlichen Beifall fand. Es verdiente ihn auch wegen der ungemeinen Lustigkeit und des guten Komischen, das aus der Handlung selbst und aus der Situation der Personen entspringt und nicht auf blofsen

Einfällen beruht.'[1] Neuerdings ist Bruyes' dreiaktiges Lustspiel von A. Bösch für die deutsche Bühne (Frankf. a. M. 1879)
und der Maître Pathelin in moderner Form für die französische
Bühne bearbeitet worden.[2]

Es erübrigt noch die Frage nach der Quelle, welche der
Verfasser des Maître Pathelin benutzte. Die Untersuchungen,[3]
welche darüber in neuerer Zeit angestellt sind, haben das Er-
gebnis geliefert, dafs die Quelle des Maître Pathelin auf eine
nicht mehr vorhandene italienische *Commedia dell' arte* zurück-
zuführen sein möchte, von der Goldoni[4] berichtet. Dieser
Ansicht ist auch J. Parmentier beigetreten.[5] Es entsprechen
nämlich die uns bekannten Typen des Advokaten, des Tuchhändlers und des Schäfers den drei von Goldoni bezeichneten
Gestalten der alten italienischen Komödie, dem venetianischen
Kaufmann Pantalon, dem bolognesischen Rechtsgelehrten und
dem spitzbübischen Bedienten Brighella aus Bergamo. Diese
Charaktermasken waren bekanntlich ein bleibender Bestand des
altitalischen Volkscharakters, denn schon von den ältesten Zei-
ten an hatten sie das Gerippe einer dramatischen Skizze gebildet, nämlich der geizige, verschwenderische, betrogene Alte
Pappus, der schwatzhafte Tölpel Bucco und der bevorrechtigte
Narr oder Harlekin Maccus.[6]

Auch sonst begegnet die Geschichte von dem schlauen
Advokaten und dem noch schlaueren Bauern häufig; der dem
16. Jahrhundert angehörende Dramatiker Grazzini verwertet sie
in seiner Komödie *L'Arzigogolo*,[7] ebenso Domenichi in einer

---

1) Lessings Werke VII, 119 (Hempel).
2) *La farce de maître Pathelin. Comédie moyen âge arrangée
en vers modernes par Gassies des Brulies. Paris 1887.*
3) Herm. Grimm, Essays. Hann. 1859. S. 119—133.
4) *Mémoires. Paris 1787. II, 192.*
5) *Revue critique 1884. II, 147: '(Reuchlin) a dû tirer son sujet
d'une comédie italienne, une commedia dell'arte aujourd'hui perdue.'*
6) Bornhardy, Gesch. d. röm. Litt. Halle 1857. S. 406.
7) *Teatro comico Fiorentino. Tomo IV. In Firenze 1750.*

Anekdote,[1] sowie ein 1682 in Fulda aufgeführtes Jesuitenspiel *Nemo*.[2]

VIERTER ABSCHNITT.

DIE LITTERARISCHE VERBREITUNG.

1. DAS 15. JAHRHUNDERT.

Reuchlins *Scaenica progymnasmata*, welche nach der Hauptfigur des Henno auch kurzweg mit diesem Namen bezeichnet wurden, gelangten schon frühzeitig zu Ansehen. Die Arbeit eines so berühmten und sowohl in der Wissenschaft als im öffentlichen Leben so hoch geachteten Mannes fand die freudigste Aufnahme in den gelehrten Kreisen, zunächst bei der Heidelberger Humanistenschar. Waren doch alle Zuhörer entzückt von Reuchlins dramatischer Kunst, von der man bis dahin noch keine Beweise gehabt hatte; ja man feierte nach der Sitte der Zeit den neuen Dichter in Gedichten, ebenso den Leiter der ersten Aufführung; man war glücklich über den glänzenden Erfolg, welchen Deutschland in einer der Kunst der Alten nachgebildeten Litteraturgattung errungen hatte. Der Humanismus, der in Italien so schöne Früchte gezeigt hatte, durfte nun auch in Deutschland Triumphe feiern; in Reuchlin war ein zweiter Terenz erstanden; wie einst Plautus und Terenz

---

1) *Faceti, motti et burle*. *Venetia 1584*. S. 226 ff.

2) Bolte, Zeitschr. d. Shakespeare-Gesellschaft, 21, 191 citiert ferner Bütner, Klaus Narr 8, 58 (1572), *Amusements françois ou contes à rire (Venise 1752) 2, 56* und Zeitschrift „Der Bär" 2, 117 (1876), wo von W. Schwartz ein brandenburgisches Volksmärchen mitgeteilt wird. — Über die beiden italienischen Dichter s. K. Schaumburg a. a. O. S. 4 ff. Derselbe findet nicht in der italienischen Komödie das Vorbild für den Pathelin oder für den Henno, ihm ist die Farce Pathelin vielmehr 'das Originalprodukt des lebhaften Aufschwunges des französischen Geistes, der den Sinn für das Komische im hohen Grade besitzt, und infolgedessen das Muster aller den gleichen Stoff wie sie behandelnden Stücke.'

das römische Volk durch ihre Lustspiele erfreut hatten, so
sollten auch die Deutschen an neuen lateinischen, nach dem
Muster der antiken Komödie gebildeten Dramen Gefallen finden.

Die neue Schöpfung der dramatischen Muse Reuchlins
durfte nicht lange im Pulte verschlossen bleiben; man beeilte
sich Abschriften zu machen und die Komödie bei den Sodalen
in Umlauf zu setzen. So erhielt sie auch Jakob Wimpheling
in Speier; sofort verfertigte er eine Abschrift, die er bei einem
gelegentlichen Besuche Reuchlins in Speier von diesem durch-
sehen liefs und für eine mit einem kleinen Kommentar Reuchlins versehene Ausgabe vorbereitete. Reuchlins dramatische Dichtung entsprach den Ansichten Wimphelings über die Lektüre
der Dichter, die er der Jugend wegen ihrer frivolen Anschauungen entzogen wissen wollte. In seinem „Wegweiser für die
deutsche Jugend", den sein Schüler Jakob Han in Strafsburg
mit einem Widmungsbrief an den Grafen Heinrich von Hen-
neberg, Domherrn zu Strafsburg, vom 22. August 1497 herausgab und den Wimpheling mit einem Schreiben vom 21. Juni
1496 dem Dompropst Georg Gemminger zu Speier gewidmet
hatte, sprach er in einem besonderen Abschnitt 'de lectione ora-
torum et poetarum' sich dahin aus, dafs die Lektüre des Plautus und des Terenz zulässig sei, dafs jedoch einige Stücke des
Plautus, die in geringerem Grade von der Liebe handeln, ihm
den Vorzug zu verdienen schienen, wie die Aulularia und der
Stichus. Daran schliefst er diejenige Komödie, welche jüngst
Reuchlin verfafst, *Progymnasmata* betitelt und vor dem Bischof
von Worms Johann von Dalberg, dem Beschützer und Pfleger
der Musen, habe aufführen lassen.[1]

---

1) *Isidoneus germanicus cap. XXI (fol. XVIII):* '*Ex comicis Plautus et Terentius tradi possunt, verum quaedam Plauti comoediae, quae
minus de amore canunt, mihi visae sunt praeferendae qualis videtur Aulularia et Stichus, et quam proximis diebus excudit Jo. Capnion Phorcensis progymnasmataque inscripsit ac coram Jo. Cam.
Dalburgio Vangionum antistiti omnium Musarum cultore recenseri
fecit.*' Knod, Jakob Spiegel, 1886 S. 11, bemerkt, dafs Dacheux,

So hatte Wimpheling Reuchlins Komödie litterarisch eingeführt, durch die Stellung derselben neben zwei gepriesene
Komödien des Plautus ihren hohen Wert gekennzeichnet und
auf dieselbe als auf eine beachtungswerte Lektüre der studierenden Jugend hingewiesen. Sie war damals noch nicht gedruckt, aber ihre Drucklegung war bereits vorbereitet; denn
eine so vorzügliche dramatische Leistung, durch welche die
Komödie der Alten zu neuem Leben erweckt wurde, ja in
verbessertem Gewande erschien, mußte den Freunden des
Humanismus sobald als möglich zugänglich gemacht werden.
Wimpheling vermittelte die Drucklegung bei dem dem Huma-
nistenbunde nahe stehenden gelehrten Basler Drucker Johann
Bergmann von Olpe,[1] Mitglied des Chorherrnstiftes zu Gran-
felden, der bereits seit 1492 eine Reihe von Werken gedruckt
hatte, aber nicht um materiellen Gewinnes willen, sondern
zur Förderung der humanistischen Bestrebungen. Auch Sebastian Brant, der berühmte Verfasser des „Narrenschiffes", das
1494 zum erstenmale von Bergmann von Olpe gedruckt war,
wandte sein Interesse dem Unternehmen zu, indem er aus
Freundschaft für Reuchlin dessen Komödie mit einem aus vier
lateinischen Distichen bestehenden Titel - Epigramm begleitete,
worin der Bischof um wohlwollende Aufnahme der Komödie
gebeten wird, durch welche Reuchlin den Dank der gelehrten
Welt, der Jugend und der Dichtkunst verdient habe.[2] Berg-

Jean Geiler, 1876 S. 465, weil er Reuchlins *Progymnasmata* nicht
kennt, diese Stelle wunderlicherweise folgendermaßen interpretiert habe:
'*Ainsi il* (Wimpheling) *n'admet que ... Plaute et Terence, surtout
l'édition expurgée que venait de publier Reuchlin.*'

1) Allg. deutsche Biographie XXIV, 314. — Seine Drucke tragen
den Wahlspruch: *Nihil sine causa* (Nüt on Ursach). Olpe.

2) Sebastian Brant hatte schon früher den Bischof in einem Gedichte gefeiert, das ähnlich wie jenes Titel - Epigramm beginnt:

Quod me Dalburgi generis celeberrime praesul
Germanum et Rheni Vangionumque decus
Diligis immeritum etc.

mann selbst widmete seine Ausgabe dem Bischof mit einem
Briefe vom 1. Mai 1498. Er preist darin des Bischofs glühen-
den Eifer für die Ausbreitung der Wissenschaften und recht-
fertigt sein Unternehmen; damit diese höchst witzige, von
Reuchlin zum Nutzen der deutschen Jugend verfaßte Komödie
in vieler Hände gelange, so habe er sie drucken lassen und
herausgegeben. [1]

Dem Texte dieser ersten Ausgabe folgt in Terenzischer
Weise die Didaskalie d. i. der Bericht über den Tag der Aufführung, das Verzeichnis der Spieler nebst der Dankrede des
Valentin Helfant; dann folgt ein Lobgedicht des Jakob Drakontius auf Reuchlin und ein anderes Adam Werners von Themar
auf Johannes Richartshuser. Jakob Dracontius, ein Schüler
des Konrad Celtes, hielt sich seit 1493 zu seiner wissenschaftlichen Ausbildung in Heidelberg auf und genofs die besondere
Zuneigung Johann von Dalbergs. [2] Der Verfasser des zweiten

Und ebenso war Reuchlin 1496 von Brant besungen worden:

Capnion illustres inter memorande poetas
Germani specimen nobilitasque soli.

1) Die Bemerkung Bergmanns, die Komödie sei frei von Obscöni-
täten und Unsittlichkeiten, hat Hermann Grimm (Essays. Hann. 1855.
S. 128) zu der Äufserung veranlafst: „Es läuft sogar eine leichte Zote
mit unter, was ich bemerke, weil in der Vorrede das Gegenteil versprochen war" — richtiger wohl: weil in Bergmanns Widmungsbriefe
das Gegenteil ausgesprochen ist. Indessen kann dies nur in einge-
schränktem Maße zugegeben werden, wenn man die vielfachen, auch
in anderen Komödien des 15. und 16. Jahrhunderts vorkommenden unsittlichen Derbheiten berücksichtigt. Übrigens würde die Äufserung
Grimms berechtigt sein, wenn in v. 194 — dieser Vers kommt hier
allein in Betracht — die ursprüngliche Schreibung '*ter petit*', die auf
Wimphelings Veranlassung in '*basint*' geändert worden ist, stehen
geblieben wäre.

2) *Jacobus Trach de Oberkirch professus ordinis Praemonstratensis* — so lautet die Einzeichnung in der Heidelberger Matrikel zum
31. Juli 1493; am 3. Juli 1495 erwarb er die Würde eines *baccalaureus artium viae modernae;* am 13. April 1496 wurde er *magister
artium.*

4 *

Gedichtes, Adam Werner von Themar, der als Rektor der Universität der Aufführung beigewohnt hatte, verlieh seiner Freude über das Wohlgelingen derselben einen beredten Ausdruck. Er widmete sein Lobgedicht[1] dem Mag. Johannes Richartshuser, dem *'recensor comoediae novae Joannis Reuchlin'* d. i. dem Regisseur des Stückes, der die Darsteller eingeübt und unter dessen Leitung die Aufführung stattgefunden hatte.[2] Dies besagt nicht nur das erste der 9 Distichen, sondern auch die Didaskalie mit den Worten: *'Joannes Richartshuser recensuit'*. Unmittelbar davor ist der Verfasser des musikalischen Teiles der Komödie, Daniel Megel, genannt, von dem es heißt: *modos fecit* d. i. er lieferte die musikalische Begleitung, indem er die Melodien, nach denen die Chöre vorgetragen wurden, verfaßte und auch wohl einübte.

Kaum waren die *Scaenica progymnasmata* aus Bergmanns Offizin versandt, so druckte sie Johann Grüninger in Straßburg nach, indem er sie dem von ihm veranstalteten Nachdruck der *Varia Carmina* des Sebastian Brant einverleibte, die mit dem Widmungsbriefe Johann Bergmanns von Olpe an den Aachener Dechant Wimar von Erkelenz vom 15. März 1498 aus der Bergmannschen Offizin zu Basel *('ex Basilea altrice educatriceque iuventae studiorumque nostrorum')* hervorgegangen waren.[3] Wie viele der Grüningerschen Drucke, so ist auch

---

1) K. Hartfelder hat das Gedicht Werners in dessen Gedichtsammlung aufgenommen (Zeitschr. f. d. Gesch. des Oberrheins 1880, S. 78).

2) In Spiegels Kommentar wird zu *'recensuit'* gesagt: *'recognovit et censuram suam adhibuit, ut hi ludi scaenici recte et rite recitarentur ab actoribus.'* — O. Francke, Terenz und die lat. Schulkomödie (Weimar 1877) S. 64 schließt aus dem *'recensor'*, daß Joh. Richartshuser der Herausgeber der Ausgabe von 1498 gewesen sei, und Brunet, *Manuel de Libraire IV, 1254* setzt sogar zum Titel der Reuchlinschen Komödie: *'ex recensione Joan. Richartzhusen.'*

3) Der Schlußsatz hat das Datum des 1. Mai 1498, also dasselbe als die *Scaen. prog.* — Hiernach ist Geiger, in seiner Vierteljahrsschrift für Kultur und Litteratur der Renaissance I, 116 zu berichtigen:

dieser Nachdruck mit Fehlern übersäet; er zeugt von der Ungeduld Grüningers, die Bücher so schnell als möglich in den Handel zu bringen.[1]

2. DAS 16. JAHRHUNDERT.

Der erste gekrönte Dichter Deutschlands Konrad Celtes feierte Reuchlin in einer Ode, die wahrscheinlich schon während des Aufenthaltes des letzteren in Heidelberg gedichtet ist (*'Ad Johannem Reuchlin seu Capnionem trium linguarum interpretem et philosophum'*) mit besonderer Berücksichtigung seiner dramatischen Leistungen, zu denen er mit poetischer Licenz auch Tragödien rechnet, die nicht bekannt sind, mit folgenden Worten:

> *Comicas fraudes copiose scribis*
> *Et sonas doctus tragicum cothurnum*
> *Primus et nostras celeres iambos*
> *Ducis in oras.*[2]

---

[1] 'Als ein Zeichen vertrauter Freundschaft mag es gelten, dafs Brant in die genannte Sammlung (*Varia carmina* Bogen A und B) Reuchlins Komödie . . . aufnahm.' Nicht Brant veranlafste die Aufnahme, sondern der Nachdrucker Joh. Grüninger. Brant, über diese Publikation empört, liefs die *Exhortatio ad divum Maximilianum regem*, welche den Schlufs des von ihm im September 1498 zu den — noch nicht verkauften — Exemplaren der Bergmannschen Ausgabe hinzugefügten Gedichtes: *Thurcorum terror et potentia* bildete, alsbald entfernen und ersetzte die letzte Seite des Bogens n mit einigen Distichen *ad lectorem carminum suorum;* er benachrichtigte den Leser, dafs dieser den Nachdruckern mifstrauen und nur das von Bergmann von Olpe gedruckte Buch kaufen dürfe, welches er selbst (Brant) korrigiert habe und das auch *'Thurcorum terror'* enthalte. C. Schmidt, *hist. litt. de l'Alsace. Paris 1879. II, 352.*

1) Allg. deutsche Biographie X, 53. C. Schmidt, Zur Gesch. der ältesten Bibliotheken und der ersten Buchdrucker zu Strafsburg. Strafsb. 1882. S. 114.

2) Celtis Od. III, 23. — Geiger, Reuchlins Briefwechsel S. 69. — Vermutlich bildeten diese *'comicae fraudes'* i. e. *comoediae* für Joh. Aschbach eine Stütze für seine — längst widerlegte — Annahme, dafs

Fast mit gleichen Worten wird Reuchlin von Heinrich
Bebel in einem längeren sapphischen Gedichte mit Bezug auf
seine dramatischen Leistungen gefeiert:

> *Seu lubet socco aut Sophoclis cothurno*
> *Optime certas, tenuive plectro*
> *Pindari et Sapphus fidibus canoris*
> *Carmina scribis.*[1]

In der Lebensgeschichte Melanchthons spielt Reuchlins
Henno eine hervorragende Rolle. Dieser erfreute sich schon
in seiner Jugend der besonderen Aufmerksamkeit seines Grofs-
oheims — Reuchlins Schwester Elisabeth war die Grofsmutter
Melanchthons — und als Reuchlin bei seiner Rückkehr nach
Pforzheim, wo Philipp die Schule besuchte, vernahm, dafs der
Knabe auch die griechische Sprache zu erlernen angefangen
hatte, so schenkte er ihm eine griechische Grammatik mit dem
Versprechen, dafs er ihm ein griechisches Vokabelbuch schenken wolle unter der Bedingung, dafs er ihn bei seiner Wie-
derkunft durch einige lateinische Verse erfreuen würde. Als
nun Reuchlin nach kurzer Zeit — es war im Jahre 1508 —
wieder nach Pforzheim kam, begrüfste Philipp den Grofsoheim
in lateinischen Versen und empfing von ihm den versproche-
nen *Vocabularius breviloquus*. Um nun dem gelehrten und
berühmten Verwandten seine Dankbarkeit zu bezeigen, übte
Philipp mit seinen Schulfreunden, unter denen sich auch Fran-
ziskus Irenikus (Franz Friedlieb von Ettlingen) befand, den
Reuchlinschen Henno, den er unter Leitung des Pforzheimer

Reuchlin an der Abfassung der Celtesschen Werke der Roswitha beteiligt gewesen sei. „Die Komödien Gallicanus, Dulcitius und Calimachus
dürften von dem berühmten Reuchlin verfafst worden sein, der, mit
Celtes aufs innigste befreundet, wie dieser die Aufführung von Komödien an Hochschulen betrieb und auch eine Anzahl von ihm gedichte-
ter Komödien durch den Druck veröffentlichte" (Aschbach, Roswitha
und Konr. Celtes. Wien 1867. S. 33).

1) *Clarorum virorum epistolae ad Jo. Reuchlinum. Tub. 1513.*
Bl. C 4 ᵇ.

Rektors Georg Simler schon gelesen hatte, in aller Kürze ein
und führte nach Schlufs des Gastmahles, zu welchem Reuchlin durch die Geistlichkeit des Pforzheimer Ruralkapitels ein-
geladen war, das Stück auf. Über das sichere Auftreten des
Grofsneffen und über die unverhoffte Freude, die er ihm˙ge-
macht, war Reuchlin so entzückt, dafs er den jungen Melanchthon umarmte, seinen lieben Sohn nannte und seinen Namen
Schwarzerd in den Namen Melanchthon umformte, indem er meinte,
ein so gelehrter junger Mann dürfe nicht mehr einen barbarischen
Namen führen, sondern müsse von nun an in der feineren
Sprache der Griechen genannt werden. Von da an ist ihm
der Name Melanchthon geblieben.[1] Bald darauf bezog der
junge Freund der Wissenschaften die Universität; am 14. Oktober 1509 wurde er zu Heidelberg immatrikuliert.[2]

Später hat Melanchthon in seiner Rede über Reuchlin, die
er 1552 verfafste, ein treffendes Urteil über die beiden hinsichtlich ihrer Tendenz so sehr verschiedenen Komödien gefällt,
indem er den Henno eine *fabula dulcis et plena candidi salis,
in qua forensia sophismata taxat*, den Sergius eine *comoedia
plena nigri salis et acerbitatis adversus monachum, qui Reuchlini vitae insidiatus erat*,[3] nannte, die letztere so, weil sie seinem geläuterten Geschmacke weniger zusagte.

Auch Luther kannte den Henno wohl. In einem Briefe
an Joh. v. Staupitz (30. Mai 1518) citiert er aus dem Henno
' *illud Reuchlinianum*

    Qui pauper est nihil potest perdere',

---

1) *Corp. Ref. X, 259.* Schmidt, Phil. Melanchthon. Elberf. 1861
S. 5. — Joh. Camerarius erzählt in der *Vita Melanchthonis p. 9* diesen Vorgang folgendermafsen: ˙ *Melanchthon aequalibus scriptum quod-
dam ludicrum Reuchlini instar comoediae illis diebus editum ediscen-
dum distribuit, et suas cuique partes assignavit, ut coram Reuchlino
ad se reverso fabula ea ageretur. Quod etiam factum est summa
ipsius voluptate atque laetitia.*'
2) G. Toepke, Die Matrikel der Universität Heidelberg. Heidelb.
1884. I, 472.
3) *Corp. Ref. XI, 1004.*

und an Wenzeslaus Link schreibt er am 10. Juli 1518:

'*Canto cum Johanne Reuchlino:*
  Qui pauper est, nihil timet, nihil potest perdere,
  Sed spe bona laetus sedet, nam sperat acquirere.'[1]

*   *   *

Es dürfte an der Zeit sein, jetzt einiges über die Verbreitung der Komödie durch den Druck nachzuholen.

Im Jahre 1503 wurde sie in Leipzig eingeführt. Der Herausgeber dieses neuen Druckes, dem sehr bald ein zweiter folgte, war der Baccalaureus der freien Künste Basilius de Wilt aus Leipzig, der seine Ausgabe mit einem Schreiben vom 11. Juli 1503 (*Datum aedibus nostris studii Liptzensis*) dem Grafen Stephan Schlick zu Passau, Herrn zu Weifskirchen, Elbogen, Schlackenwerde etc., widmete. Basilius de Wilt, der am 16. Oktober 1494 in Leipzig seine Studien begann, war später Dechant des Domstiftes in Zeitz.[2]

Von 1508 an wurde Thomas Anshelm aus Baden-Baden[3] ein fleifsiger Beförderer der Reuchlinschen Komödien, indem er nicht nur Textesausgaben, sondern auch die zu beiden Dramen geschriebenen Kommentare in seiner Offizin erscheinen liefs und buchhändlerisch vertrieb. Er hielt es wohl für eine Ehrensache, die Schriften Reuchlins, dessen besonderer Gunst er

---

1) De Wette, Luthers Briefe 1, 118. 130.

2) Als solcher erscheint er 1531 (Ratsarchiv zu Leipzig), 1533 12. Sept. (bei der Inventarisation des Nachlasses der Äbtissin von Beutitz ist „der wirdige vnd hochgelerthe her Basilius Wilde docter Tumtechandt vnd in Spiritualibus Vicarius zou Zeeitz" zugegen — Hauptstaatsarchiv zu Dresden), 1537 15. Mai (Brief des *B. W. doctor decanus ecclesiae Zizensis* an den Abt von Pforta, den er auffordert, zu einem Konvent nach Halle zu kommen, wo über Beschickung des zu erwartenden Konzils gehandelt werden soll — *Schamelii Chronicon Portense* S. 148).

3) K. Steiff, Der erste Buchdruck in Tübingen. Tüb. 1881. S. 11—26. C. Schmidt, Zur Gesch. der ältesten Bibliotheken etc. in Strafsburg, S. 143.

sich zu erfreuen hatte, zum Druck zu befördern; denn seit
1500 hatte er seine Druckerei in Pforzheim, der Geburtsstätte
Reuchlins, und auch als er sich 1511 nach Tübingen und
1517 nach Hagenau begab, fuhr er fort den Druck und Verlag Reuchlinscher Schriften zu übernehmen. Von den *Scaen.
prog.* lieferte Anshelm in der Zeit von 1508 — 1516 nicht
weniger als vier Textausgaben.

Dafs die *Scaen. prog.* auch in den Schulanstalten der
Brüder vom gemeinsamen Leben Eingang gefunden hatten, beweist die aus der Offizin des Theodoricus de Borne zu De-
venter 1513 hervorgegangene Ausgabe. Sie erschien mit
Huttens *Nemo* und einigen Gedichten des münsterschen Schul-
mannes Antonius Tunnicius (Tünneken) und ist von diesem
veranstaltet. Das Titel-Epigramm ist aber nicht das des Sebastian Brant, sondern an dessen Stelle stehen drei Epigramme
und zwar von Johann Murmellius,[1] der seit 1503 das Rek-
torat der Ludgerischule zu Münster verwaltete und 1513
Rektor der Schule zu Alkmar wurde, von Anton Tunnicius
und von Joseph Horlenius aus Siegen, seit 1507 Lehrer an
der Ludgerischule zu Münster.[2] Der erstere leitete die Ausgabe mit folgendem Gedichte ein:

*De comoediarum utilitate Joannis Murmellii Ruremundensis
Hexastichon.*

*Humanae speculum merito comoedia vitae
Fertur, quod variis moribus una scalet.
Hinc licet amplecti rectos pravosque cavere,
Cum videt eventus mens utriusque viae.
Hinc licet eloquii pulchros excerpere flores
Et Latio linguam melle rigare suam.*

1) D. Reichling, Johannes Murmellius. Freiburg i. B. 1880. —
Allg. deutsche Biogr. XXIII, 65.

2) Allg. deutsche Biogr. XIII, 128.

Unmittelbar darauf folgt

Antonii Tunnicii Monasteriensis in commendationem huius
comoediae Ogdoastichon.

Hunc puer exiguo redimas precor aere libellum,
Si tibi florenti verba decora sedent.
Hinc poliisse brevi Latiarem tempore linguam
Et mores varios edidicisse potes.
Hoc tibi vix ullus libro iucundior exstat, .
Multis nam salibus totus ubique scatet.
Henno bibit, dat opem Greta Elsae, nubit et Abra,
Ble Minoa Dromo Petruciumque ferit.

Mit dem letzten Distichon hat Tunnicius sehr treffend den Inhalt des Stückes angegeben. Es schliefst sich hieran das Epigramm des Joseph Horlenius, das sich auf die Gedichte des
Tunnicius bezieht.

Studiosae iuventuti Iosephus Horlenius Segenensis.

Si cupis in tenui multa edidicisse libello,
Perlege Tunnicii dogmata sancta tui.
Te docet aetheream quo pacto scandere sedem
Possis, perpetua et prosperitate frui.

Diese drei Gedichte füllen das Titelblatt. Auf der Rückseite
desselben folgt zunächst die S. 40 abgedruckte Inhaltsangabe
der Komödie, welche von Anton Tunnicius verfafst ist. Daran
schliefst sich unmittelbar der Text der Komödie, an deren
Schlufs noch ein Lobgedicht des Tunnicius auf Reuchlin ange-
fügt ist.

Antonii Tunnicii Monasteriensis in Ioannis Reuchlin Phorcensis
viri doctissimi praeconium Decatostichon.

Capnion ingenio lingua praeclarus et arte
Philosophus, vates, rhetor ubique nitet.
Est sacri canonis valde legumque peritus
Atque suum nomen omnia iure tenet.

Hebraeas ac Graiaeque simul doctissimus artis
Et Latiae vocis verba canora docet.
Vix hic concedit Carthaginis urbis alumno
Nec salibus cedit, Plaute diserte, tuis.
Germanos superat multum, certare poetis
Non timet Ausoniis scemmata laeta canens.

Von 1514 au wurde der Leipziger Drucker Valentin Schumann ein eifriger Verbreiter der *Scaen. prog.*, indem er fast in jedem Jahre eine neue Ausgabe veranstaltete. Die Schumannschen Ausgaben, deren kritischer Wert nur gering ist, geben den Bergmannschen Brief und die Didaskalie, aber nicht die Gedichte des Drakontius und Adam Werners. Dagegen bringen sie zuerst die *fabulae interlocutores.*

Von den sechs Schumannschen Ausgaben, welche bis 1521 erschienen, ist die erste eine Nachbildung der Basler Originalausgabe von 1498 und wird deshalb in den bibliographischen Werken dem Jahre 1498 zugeschrieben, obwohl vor 1514 kein Druckwerk aus Schumanns Druckerei hervorgegangen ist. Er war ein geborner Leipziger, erlangte am 14. Dezember 1514 das Bürgerrecht von Leipzig, wofür er nichts bezahlte, weil er ein Bürgersohn war, und wird also vor 1514 seine Druckerei nicht eingerichtet haben. Auch findet sich unter den vielen Schumannschen Drucken der Stadtbibliothek zu Leipzig keiner, der vor 1515 entstanden ist.

Übrigens begnügte man sich nicht mit den Textausgaben, sondern veranstaltete auch kommentierte Ausgaben. Abgesehen von dem pädagogischen Zwecke wollte man in der Herausgabe kommentierter Ausgaben zeitgenössischer Dramen zugleich eine Gewohnheit des klassischen Altertums nachahmen. Gleichwie die Komödien des Terenz von der Kaiserzeit an von einer Reihe von Gelehrten kommentiert waren, so wurden auch manche beliebte Schauspiele des 16. Jahrhunderts mit Kommentar versehen; ich nenne des Petrus Papeus Komödie vom Samariter im Evangelium (von Alexius Vanegas 1545), des Gnapheus

Akolastus (von Gabriel Putreolus 1554), Frischlins sechs lateinische Komödien (von Georg Pflüger 1612) u. a.

Der in einem Codex der Universitäts-Bibliothek zu Upsala handschriftlich erhaltene Kommentar Reuchlins zu den *Scaen. prog.* ist von Wimphelings Neffen Jakob Spiegel in seinem Kommentar aufgenommen. Dieser und Georg Simler sind als Kommentatoren der Reuchlinschen Komödien bekannt geworden: der erstere als Erklärer der *Scaen. prog.*, der letztere als Erklärer des *Sergius*. Wenn Simler auch als Kommentator der *Scaen. prog.* gilt, so ruht diese Annahme auf einer zuerst von Heinrich Mai, dem ersten Biographen Reuchlins, mifsverstandenen Stelle eines Briefes Spiegels an Simler.[1] Seine Auseinandersetzung war für Maittaire so entscheidend, dafs er einen Kommentar Simlers zu den *Scaen. prog.* vom Jahre 1508 in die Reihe der Reuchlinschen Ausgaben stellte, wobei er offenbar den *Sergius* mit den *Scaen. prog.* verwechselte.[2] Eine genauere

---

1) *Henr. Maius, Vita Reuchlini. Durlaci 1687.* S. 192: '*Idem Simlerus in Scaenica quoque progymnasmata Capnionis commentatus est, quas notas Spiegelius suae explanationi inseruit, quantum ex initio huius ad ipsum data epistola colligo. Ita enim illum affatur atque compellat: Accipe, mi suauissime Georgi, quam tu pro faciliori puerorum intellectu priori nostrae in Scaenica Reuchliniana progymnasmata explanationi tumultuariae tumultuanter quoque adiciendam arbitratus es operae pretium, hoc biduo comportatam interpretatiunculam.*'

2) *Maittaire II, 193: Io. Capnionis Progymnasmata iambis trimetris scripta cum commentario Georgii Simler, apud Thomam Anshelmum, Phorcae 1508.* Ihm folgten Panzer, *Annal. typ. VIII, 230 nr. 24*; Schnurror, Biographische u. litterarische Nachrichten von ehemal. Lehrern der hebr. Litt. in Tübingen. Ulm 1792. S. 50; Mayerhoff, Joh. Reuchlin u. seine Zeit. Berlin 1830. S. 259 und Goedeke Grundrifs I, 414. Mit Recht erklärt Steiff, Der erste Buchdruck in Tübingen. Tüb. 1881. S. 81 die Sache für fraglich. Der Irrtum zeigt sich auch bei Knod. Jakob Spiegel 1884 S. 27, wo es heifst: „Auch an Spiegels Ausgabe der *Scaen. prog.* hatte Simler, der vordem das gleiche Werk ediert hatte (1508), seinen Anteil." Ebenso glaubt Horawitz, Sitzungs

Einsicht in den Briefwechsel Spiegels und Simlers ergiebt, dafs
Spiegel auf Simlers Wunsch, der dessen so eben abgeschlosse-
nen Kommentar — er nennt ihn *lucubratiunculae Progymnas-
matum doctissimi Ioannis Reuchlin triumviri* — bei einem
Besuche im Sommer 1511 gesehen hatte, zur Vervollständi-
gung seines Werkchens (*'ut omnibus numeris emunctum pro-
diret opusculum'*) auch noch eine ausführliche Erläuterung der
Didaskalie (*'super die et consule quibusque sit acta modulis
comoedia'*) hinzufügte, die er nun an Simler mit einem Briefe
übersandte. [1]

Der Spiegelsche Kommentar ist sehr ausführlich, berücksichtigt allerdings vorwiegend sprachliche und antiquarische
Erscheinungen in einer jener Zeit eigenen Breite, überragt
aber Simlers Kommentar zum *Sergius* durch eine Fülle von
gelehrten Bemerkungen, die von einer nicht gewöhnlichen
philologischen Bildung des humanistisch gerichteten Verfassers
zeugen. Sicherlich hatte ihm die Erinnerung an den 31. Januar 1497, den Tag der Aufführung, an der er selbst, wie
schon erwähnt, beteiligt gewesen war, den Anlafs zur Bearbeitung des Kommentars gegeben.

Jakob Spiegel, 1483 zu Schlettstadt geboren, des Beatus
Rhenanus Schulgenosse in Crato Hofmanns Schule zu Schlettstadt, wurde nach dem Tode seines Vaters von seinem zehnten
Lebensjahre an von seinem Oheim Jakob Wimpheling erzogen,
war in Heidelberg, Freiburg und Tübingen mit humanistischen
und rechtswissenschaftlichen Studien beschäftigt, trat 1504 in
den Dienst der kaiserlichen Kanzlei und war von 1515 an in
der unmittelbaren Umgebung des Kaisers. Durch die Abfas-

---

berichte der Wiener Akademie LXVI (1877), S. 223, dafs Simler auch
die *Scaen. prog.* kommentiert habe; diese Ausgabe sei 1508 und 1509
erschienen.

1) Knod a. a. O. S. 28 schliefst aus den beiden im Kommentar
fol. LXXI^b abgedruckten Briefen, dafs Spiegel auf Simlers Mahnung
dem Manuskript nachträglich noch einige speziell für Schüler berechnete
Anmerkungen hinzugefügt habe.

sung eines *Lexicon iuris civilis (Argentor. 1538)* hat er sich
besonders bekannt gemacht.[1]　Seinen Kommentar zu Reuchlins
Scaen. prog. begleitete er mit einem Widmungsbriefe *(Tubingae
ex aedicula nostra philosophica* 24. Januar 1512) an den Tübinger Professor der Theologie und Jurisprudenz Jakob Lemp
aus Steinheim, der nach damaliger Sitte mit prunkenden Worten gefeiert wird.　Lemp galt für eine Stütze der päpstlichen
Macht und für das Muster eines Skotisten.[2]　Möglicherweise
wurde Spiegel zu der Widmung seines Werkes an Lemp dadurch veranlaßt, daß Reuchlin seine 7 Bußpsalmen, die 1512
ebenfalls bei Anshelm in Tübingen gedruckt wurden, dem Professor Lemp widmete.　Vielleicht huldigte Lemp gerade damals
der neuen Richtung; später wurde er ein eifriger Gegner Luthers
und der Reformation; auf der Badener Disputation (1526) un-
terzeichnete er die Sätze seines Schülers Eck.[3]

　　Mancherlei interessante Nachrichten schöpfen wir aus Spiegels Kommentar, so über seinen Lehrer, den Rektor der Schlett-
stadtschen Schule Crato Hofmann aus Udenheim, der den Kampf
gegen die hergebrachten Schulbücher aufnahm und besonders
die älteren Kommentare zu dem gesuchten Buche des Alexander de Villa Dei verwünschte, der seine Schüler zu einem ge-
schmackvollen lateinischen Ausdruck zu führen wußte.　Spiegel
nennt ferner mehrere berühmte Zöglinge der Schlettstadter
Schule: Laurentius Lupus, Matthias Ringmann, Matthias Schü-
rer, Beatus Rhenanus, Beatus Arnoaldus, Paulus Phrygio; er
liefert sodann wichtige Beiträge zur Geschichte der genannten
Schule, die nach Crato von Hieronymus Gebweiler und dann
von Johann Sapidus geleitet wurde.　An einer anderen Stelle
redet er von den Verdiensten des Johann Stabius und des mit
ihm befreundeten Johann Stoffler um Mathematik und Astrono-

---

1) G. Knod, Jakob Spiegel aus Schlettstadt.　Ein Beitrag zur Gesch.
des deutschen Humanismus.　Progr. I. II. Schlettstadt 1884. 1886.
　2) Allg. deutsche Biogr. XVIII, 239.
　3) Wiedemann, Johann Eck.　Regensb. 1865. S. 12.

mie und gedenkt seines juristischen Lehrers in Tübingen Konrad Plicleus aus Ebingen; er rühmt Aldus Manutius als den unvergleichlichen Freund der schönen Wissenschaften und feiert den Kaiser Maximilian als den ruhmvollen und tugendreichen Herrscher; er rühmt Geiler von Kaisersberg als den einsichtsvollen Kenner der Poesie und gedenkt seines Freundes Matthäus Chounus de Blasio, mit dem er an der Belagerung Paduas im Herbst 1509 teilnahm. Ferner erfahren wir, daſs Spiegel seinem geliebten Oheim noch bei dessen Lebzeiten ein Denkmal zu errichten beabsichtigte, dessen Inschrift er mitteilt;[1] sodann lernen wir die von Wimpheling und ihm selbst auf Johann von Dalberg gedichteten Epitaphien kennen.[2]

Wenn auch die kritisch-philologische Begabung Spiegels in seinem Kommentare nicht hervortritt — oft kommentiert er nach einer vom Text verschiedenen Lesart — so zeigt er doch ein feines Verständnis für die Schönheiten der Reuchlinschen Komödie; er kennt die Gesetze der dramatischen Technik, wie sie seine Zeit aufstellte, und zergliedert die aktweise erfolgende Entwickelung der Handlung. Er nennt den 1. Akt die '*prothesis, qua pars argumenti explicatur, pars reticetur ad populi exspectationem tenendam.*' Mit dem 4. Akte beginnt nach ihm die Katastrophe der Komödie, die er als die *conversio rerum ad iucundos exitus* bezeichnet. Auch den Chören widmet er eine groſse Sorgfalt, indem er den Inhalt derselben genau wiedergiebt. Ebenso enthalten die Erläuterungen zur Didaskalie, die, wie er selbst sagt, die Arbeit einer zweitägigen Muſse waren, sehr wertvolle Bemerkungen.

---

1) *Trino et Vni Sacrum Iacobo Wimphelingio Selestano theologo veraci et oratori eminentissimo qui mansuetiores musas primus excitavit Germaniam litterariis monimentis illustrando, Iacobus Spiegel, Maximiliani Aug. a secretis ex sorore nepos, avunculo charissimo vivens viventi statuit.*

2) *Wimphelingus:*
   Forma genus vires facundia scire potestas
   Quid prosunt? Cecidit cui dedit ista deus.

Auf die zweite, bei Anshelm in Hagenau erschienene Ausgabe von 1519 scheint Beatus Rhenanus in einem Briefe an Spiegel aus dem Ende des Jahres 1519 anzuspielen, wenn er von Spiegels Scholien zu des Pontanus *liber de immanitate,* die zu Augsburg 1519 erschienen, sagt, dafs sie ihm sehr gefielen, und dann fortfährt: „Hättest du dich in deinen Kommentarien zum Staurostichon und zu Reuchlin derselben Kürze befleifsigt, so würdest du auf einen noch gröfseren Beifall rechnen können."[1] In dem Widmungsschreiben an Jakob Villinger, welches die Mitglieder der litterarischen Gesellschaft zu Schlettstadt dem Spiegelschen Kommentar zum Hymnus des Prudentius über die Wunder Christi voraussandten (1. Mai 1520), wird Spiegels Gelehrsamkeit, besonders aber seine grammatische Tüchtigkeit gerühmt, die er in seinem Kommentar zu Reuchlins *Scaen. prog.* gezeigt habe.[2]

*   *   *

Verfolgen wir nun, nachdem wir uns von der ungemein starken Verbreitung der *Scaen. prog.* in den vom Humanismus berührten Kreisen überzeugt haben, den Einflufs und die unmittelbare Einwirkung derselben auf die lateinischen Dramatiker des 16. Jahrhunderts. Georg Makropedius[3] bekennt es

---

At ego, so fährt Spiegel fort, *deflenter lusi ex persona inevitabilis mortis, quae lamentanti immaturum tanti viri fatum respondet, in haec verba:*

> *Ioannem Dalburg rapui terris, meliore*
> *Stare loco iussi, sum bona namque bonis.*
> *Ante diem virtus hoc ne quam fugerat olim*
> *Viveret in terra deteriore, tene.*

1) Horawitz und Hartfelder, Briefwechsel des Beatus Rhenanus. Leipz. 1886. S. 194.

2) Horawitz und Hartfelder a. a. S. 222: 'Porro videtur Spiegellius noster tribus commentariis hactenus editis indicium luculentae doctrinae suae fecisse. Nam in eo, quem in progymnasmata Reuchlinica scripsit, ostendit, quantum in grammaticis valeat.'

3) D. Jacoby, Allg. deutsche Biogr. XX, 19 ff.

selbst, dafs er durch Reuchlin die Anregung zum Dichten erhalten habe. In der Vorrede zur Komödie *Aluta* sagt er, nachdem er vom Nutzen der *docta comoedia* gesprochen: '*Considera-
vit hoc saeculi nostri et Germaniae decus, Ioannes Capnion, de
omnibus litterarum studiis bene meritus*', und preist zugleich
Reuchlin als den ersten Kenner des Hebräischen und als den
Begründer der neulateinischen Komödie, '*qui praeter hoc quod
linguam Hebraicam primus Germaniae invexit, etiam collapsum
prorsus artificium comicum primus instauravit.*' Ausdrücklich
bemerkt Makropedius, dafs andere als Reuchlin nicht auf ihn
eingewirkt hätten: '*Is mihi primus, ut verum fatear, ansam
scribendi dedit, is me primus excitavit. Si praeter eum hoc
posteriori saeculo alii ante me scripserint, nescio; hoc scio, quod
alios non viderim.*' Wenn dies auch für sein Josephdrama,
bei dem ihm wohl das in Amsterdam 1535 aufgeführte lateinische Drama des Cornelius Crocus als Vorbild galt, nicht
pafst, so ist er doch sonst ganz selbständig verfahren und hat
durch Reuchlin nur gelernt, dafs es möglich ist, ein dem mo-
dernsten volkstümlichen Leben entnommenen Stoff in der klassischen Form zu behandeln. In der Gewohnheit, die Schlufs-
scene des Aktes mit einem Chorliede auszustatten, scheint ihm
Reuchlin Vorbild gewesen zu sein.

Im „Homulus" des Buchdruckers Jaspar von Gennep, der
Übertragung einer lateinischen Bearbeitung des Christian Ischy-
rius in das Deutsche (1539 aufgeführt, 1540 zu Köln gedruckt), befindet sich vor dem letzten Diverbium zwischen Tod
und Teufel ein lateinisches Lied, dessen Quelle bisher nicht
bekannt war. Es ist der erste Chor der Reuchlinschen Komödie: *Mortalium iocunditas volucris et pendula* — ein neuer
Beweis von der aufserordentlichen Verbreitung der Reuchlinschen Komödie.

In der Vorrede zu dem „schönen christlichen Spiele,
Hekastus genannt", einem mit Hans Sachs' gleichnamiger Komödie fast wörtlich übereinstimmenden Drama, das 1549 von
etlichen Knaben zu Nürnberg aufgeführt wurde, bemerkt der

Unterzeichner der Widmung vom Laurentiustage 1552, Laurentius Rappolt, Schulmeister zu Nürnberg, dafs schon viele hochgelehrte Poeten schöne und nutzbare Komödien und Tragödien sowohl in griechischer als in lateinischer Sprache geschrieben hätten, die dann mit grofser Pracht, Herrlichkeit und Ehren dargestellt worden seien, und führt nun Reuchlins *Scaenica progymnasmata* mit folgenden Worten an: „Solches alten herkommens vnd brauch, wir auch zu vnserer zeit ein schön Exempel wissen darzuthun, von einem Bischoff, Johannes Camerarius genent, zu Wurmes, vor welchem im 1497. jar, zu Heydelpurgk die Comedia Johannis Reuchlin gehalten wurde, hat gedachter Bischoff nach geschehener action, ein kostparlich malzeit den Actoribus zurichten lassen, Nach volbrachter malzeit hat er eine jede person mit einem guldenen finger ring, im werd, nach dem einer ein person verwalt hett, verehret vnd begabet, darnach auch verordnet, das dieselb Comedi (welche noch vorhanden) in druck kommen vnd gebracht würde, Vnd aufs sonderlichem befelch des Bischoffs, wurden auch die namen der jeniger, so die *Comoediam agirt* hatten, von löblicher gedechtnufs wegen hinzu gedruckt, welchem Exempel nach, ich auch die namen meiner knaben, so bey mir diese vnd andere Comœdien vnd Tragœdien, zu Latein Deutsch agiret, auch von löblicher gedechtnufs wegen, allhie hab angezeigt, wie folget." Darauf nennt er 113 Schüler vermutlich des Ägidiengymnasiums, welche bei seinen Schulaufführungen mitgewirkt haben.

Anders als der vorhin genannte Makropedius verfuhr der gekrönte Dichter Jakob Rosefeldt aus Scherneck bei Koburg, auf den Reuchlins *Scaenica progymnasmata* einen so nachhaltigen Einfluss ausübten, dafs er in seine Komödie *Moschus* (Jena 1594) eine mit wenigen Änderungen dem 4. und 5. Akte des Reuchlinschen Stückes entnommene Verhandlung aufnahm, in welcher der Advokat Petrucius den Bauer Menalcas anweist, auf alle Fragen vor Gericht nur Ble zu antworten. Das geschieht; der Bauer wird freigesprochen und foppt nun seinen

Advokaten, der ihn an die bedungene Bezahlung mahnt, auf dieselbe Weise.[1]

Johann Konrad Merck, Lehrer an der lateinischen Schule zu Ulm, sagt in seiner gereimten deutschen Übertragung der aus Sixt Bircks deutschem Drama ‚Beel‘ von Martin Ostermincher besorgten lateinischen Übersetzung (Ulm 1615) in der Widmung: „So wissen die *Historici* nicht gnugsam zu sagen, als *Ioan. Capnio*, sonsten Räuchlin genandt, ein vberdiemafsen hochgelehrter vnnd in Griechisch- vnnd Hebreischer Sprach erfahrner Mann, anno 1497 die erste *Comoedi, Sergium vel Capitis Caput* in Teûtschland, zu ehrn vnd gefallen Johans von Thalburg, damaln Bischoffs zu Worms, agirt, mit was Verwunderung vnd Frolockung solche aufgenommen worden." Merck irrt freilich, indem er die beiden Komödien Reuchlins mit einander verwechselt.

So sehen wir, wie das ganze 16. Jahrhundert hindurch die dramatische Leistung Reuchlins die rechte Würdigung fand.

3. DAS 17. JAHRHUNDERT.

Auch im 17. Jahrhundert blieb Reuchlins Verdienst nicht unbeachtet. Zwei Schulmänner, der Subkonrektor Valentin Cremcow am altstädtischen Gymnasium zu Magdeburg, und der Mag. Abraham Schadäus, Rektor des Gymnasiums zu Bautzen, erneuerten das Andenken an Reuchlin, indem sie fast zu gleicher Zeit eine neue Ausgabe der *Scaen. prog.* veranstalteten. Der erstere, der als '*gymnasii Magdeburgensis poeta*' die lateinische Dichterlektüre der Primaner leitete, erkannte in Reuchlins Komödie ein vorzügliches Mittel zur Fortbildung seiner Schüler in der lateinischen Umgangssprache. Er widmete seine Ausgabe, bei welcher er die Ausgabe des Anton Tunnicius 1513, ohne sie jedoch zu nennen, benutzte, dem Bürgermeister, dem Stadtkämmerer und zwei Ratsherren der Stadt Grofs-Salze, in

---

1) Bolte, Jahrb. d. Shaksp.-Gesellschaft XXI, 191.

deren Dienste er bis 1597 gestanden hatte, mit einem *'ipso Hilariorum die anno 1614'* datierten Schreiben. Auch lateinische Gedichte werden ihnen gewidmet. Diesen folgen eine kurze Lebensbeschreibung Reuchlins und sodann die uns bereits bekannten Empfehlungsgedichte des Anton Tunnicius und Johannes Murmellius über den Nutzen der Komödien, sowie das Tunniciussche *Argumentum fabulae.* Nach dem Texte der Komödie werden noch zwei Exkurse angeschlossen: 1) *de antistrephonte ex Henrici Cornelii Agrippae 'de vanitate et incertitudine scientiarum'*, [1] worin zwei Erzählungen mitgeteilt werden, von denen die eine die Interpretation des auch von Domenichi angeführten Sprichwortes *'mali corvi, malum ovum'* ist, die andere die von Gellius *Noctes Atticae V, 10* überlieferte Geschichte von Protagoras und Euathlos behandelt; 2) *parodia Eobani Hessi in ebrietatem.*

Der Herausgeber betitelte das Stück nach der darin auftretenden Hauptperson Henno und nannte die Komödie ein Bauernspiel *(Comoediola rustico-ludicra).* Seine Ausgabe ist für die Geschichte des Schuldramas insofern wichtig, als sie zugleich einen neuen Beleg für die in jener Zeit am altstädtischen Gymnasium zu Magdeburg gepflegten dramatischen Aufführungen bietet, die namentlich unter dem Rektorate des durch seinen „Froschmeuseler" berühmt gewordenen Georg Rollenhagen sehr häufig stattfanden. Während sonst nämlich entweder Terenz oder deutsche Dramen meist biblischen Stoffes aufgeführt wurden, wies Cremcow durch seine Ausgabe auf ein modernes Kunstdrama hin, das zwar, wie er im Titel sagt, bereits vor hundert Jahren verfafst war, aber sowohl der Form als dem Inhalt nach von ihm als wertvoll anerkannt wurde.

Denselben Beleg für die Bedeutung des lateinischen Schuldramas bietet die Ausgabe des Rektors Abraham Schadäus aus Senftenberg vom Jahre 1615, welche zum Gebrauche des

---

1) Über H. C. Agrippa von Nettesheim s. Allg. deutsche Biogr. I, 156.

Gymnasiums zu Bautzen ausdrücklich veranstaltet worden ist.
Kaspar Schuller, Lehrer am Gymnasium zu Bautzen, stellt ein
aus acht Distichen bestehendes Gedicht *'in Comoediae huius
novam editionem'* voran, dann folgt des Herausgebers Widmungsbrief (*Budissinae ex Musaeo meo* 7. September 1615) an den
gekrönten Dichter und Rektor der lateinischen Schule zu Zittau
Mag. Melchior Gerlach, der, ein Freund der dramatischen Schul-
Aufführungen, als Rektor zu Bautzen häufig derartige Übungen
veranstaltet hatte und diese Übungen auch in Zittau mit grofsem Eifer betrieb.[1] Schadäus sagt, dafs er zum Zweck einer
dramatischen Übung für die Schüler der Bautzener Schule des
Xystus Betuleius (Sixt Bircks) *Iudicium Solomonis,* das Hermann Kirchner neu aufgelegt,[2] gewählt habe; um aber noch
etwas Scherzhaftes hinzuzufügen, habe er sich entschlossen, das
gegenwärtige, fast vergessene Drama wieder auf die Bühne zu
bringen, und da nirgends Exemplare davon existierten, habe er
es von neuem abdrucken lassen. Es möchte dies, so fährt er
fort, der witzige Inhalt des Stückes und besonders die Be-
rühmtheit des Verfassers empfehlen, da dies das erste lateinische, von einem deutschen Dichter verfafste, in Deutschland
aufgeführte und deswegen mit aufserordentlichem Beifall auf-
genommene Drama sei. Der Neudruck ist ein vollständiger
Abdruck des ersten Drucks von 1498. Am Schlusse befindet
sich die poetische Grabschrift, welche Joh. Alexander Brassi-
canus seinem Freunde Reuchlin setzte.

So waren die *Scaen. prog.* für die gelehrten Schulen wieder gewonnen.

Zehn Jahre später liefs sich eine Stimme in den „Beden-
cken von Comödien oder Spielen" (1624) also vernehmen:
„Dieser Reuchlin ist der allererste gewesen, der in Teutsch-
land Comedi gehalten. Er hielt die erste den 31. Tag Jenner

---

1) H. Kämmel, Christian Keimann. Ein Beitrag zur Gesch. des
Zittauer Gymnasiums. Progr. Zittau 1856. S. 16.
2) Die Ausg. erschien 1591 zu Marburg. Goedeke, Grundr. II, 134.

im J. 1497 zu ehren einem Bischoff zu Wormbs. Diss war ein new und zuuor in Teutschen landen unerhört ding, auch dem gemeinen volck gar angenäm."

Als gegen Ende des Jahrhunderts der Professor am Gymnasium zu Durlach Johann Heinrich Mai seine *Vita Ioannis Reuchlini* schrieb, betonte er sowohl in der am 23. Januar 1684 gehaltenen Rede als auch in den Anmerkungen zum Leben Reuchlins bei Erwähnung der Reuchlinschen Komödien, dafs Reuchlin der erste Deutsche gewesen sei, der *inusitato exemplo* lateinische Komödien verfafst habe. Diese Äufserung benutzte Jakob Burckhard, der spätere Vorsteher der Bibliotheca Augusta zu Wolfenbüttel, in seinem gelehrten Werke '*de linguae Latinae in Germania fatis*' *(Hanov. 1713)*, indem er dieselbe auf Dalberg anwandte: '*Hic ipse Dalburgius est, in cuius honorem inusitato plane in Germania exemplo magnoque simul cum plausu Comoedia Latina ab adolescentibus quibusdam studiosis acta est, idque optimis Reuchlinis auspiciis.*'[1]

4. DAS 18. UND 19. JAHRHUNDERT.

Das Verdienst, die Aufmerksamkeit auf die Bedeutung der Reuchlinschen Komödie im 18. Jahrhundert gelenkt zu haben, gebührt Gottsched. Dreierlei Umstände veranlafsten ihn dieselbe durch einen Neudruck bekannt zu geben:[2] einmal weil, wie er sagt, dieses lateinische Lustspiel ein Original ist, sodann weil es nach dem Muster der Alten eingerichtet ist, und endlich weil es auch ins Deutsche übersetzt wurde. Gottsched war auch einer der ersten, der dabei zugleich auf Reuchlins Bedeutung hinwies, die er als Verfasser einer griechischen

---

1) Burckhard verweist dabei auf *M. Crusii Annal. Suev. p. 508* und *Dav. Chytraei Saxonia III, 81.*

2) Nötiger Vorrat zur Gesch. d. deutschen dramatischen Dichtkunst. Leipzig 1757—65. I, 146—165.

Grammatik, als berühmter Humanist und Jurist erlangt hat.
Den Abdruck des Henno glaubte er aber noch besonders damit
rechtfertigen zu müssen, dafs ihm zwar wohl bekannt sei, dafs
ein solches lateinisches Stück nicht in die Geschichte der
deutschen Schaubühne gehöre, dafs er aber damit nur zeigen
wolle, dafs unsere Landsleute die dramatische Dichtkunst früher
geübt hätten als die Ausländer. Denn um Reuchlins Zeit hätten weder die Welschen noch die Franzosen noch weniger die
Spanier und Engländer dergleichen aufzuweisen gehabt. Was
Gottsched hier ausführt, bedarf freilich der Berichtigung, aber
zu seiner Zeit war die Kenntnis des Dramas der Humanisten
und der Reformationszeit noch eine sehr geringe. Sein Bemühen,
„diese erste Probe des fast regelmäfsigen deutschen Witzes"
vom drohenden Untergange zu retten, ist gewifs sehr dankens-
wert; denn er hatte mehr als 20 Jahre vergeblich danach ge-
strebt, „dieses komischen Altertums teilhaftig oder nur ansich-
tig" zu werden, und die gröfsten Büchersäle, in denen er
dasselbe suchte, hatten das Werkchen nicht aufzuweisen. „Endlich fand ich die Komödie", so schreibt er, „gleichsam von
ungefähr in einer (Leipziger) Bücherversteigerung unter anderen alten Skarteken, die ohne meine Neugierde im Durchblät-
tern einem Würzkrämer in die Hände geraten wären. Die
Nachwelt soll also durch diesen meinen geringen Dienst ein
Meisterstück Reuchlins zu sehen bekommen, das sonst vielleicht
auf ewig verloren gegangen wäre." So schlimm stand es nun
freilich nicht, denn die ältesten Universitäts-Bibliotheken be-
safsen auch damals schon Exemplare der Reuchlinschen Komödie, und Gottsched fand selbst, bald nachdem er obiges geschrieben, in der Bibliothek der Zwickauer Ratsschule nicht
weniger als acht Exemplare. Aber trotzdem müssen wir seinen Eifer anerkennen, umsomehr als sein „Nötiger Vorrat", in
welchem er durch das Verzeichnis der in Druck erschienenen
Dramen von 1450—1760 die Grundlagen für eine Geschichte
des deutschen Dramas gelegt hat, der Forschung noch immer
als unentbehrliche Quelle dient.

Gegen Ende des 18. Jahrhunderts versuchte der gelehrte
Geschichtsforscher D. H. Hegewisch, Professor in Kiel, eine
Charakteristik der beiden Reuchlinschen Komödien.[1] Er erkannte bereits, dafs die *Scaenica progymnasmata* eigentlich das
alte französische Possenspiel Advokat Patelin seien, das Reuchlin ohne Zweifel während seines Aufenthaltes in Frankreich habe
kennen lernen. Wahrscheinlich aber sei Reuchlins Komödie mehr
eine freie Nachahmung als eine Übersetzung.

Es versteht sich, dafs die Biographen Reuchlins auch die
Komödien erwähnt haben; keiner hat ihnen jedoch eine gröfsere
Sorgfalt gewidmet als Ludwig Geiger.[2] Sein auf eingehenden
Quellenstudien beruhendes Urteil über den Wert der Reuchlinschen Komödien ist seitdem mafsgebend geworden; ich darf
daher die Aussprüche der neueren Litteraturhistoriker über-
gehen; nur R. Peipers absprechende Beurteilung gestatte ich
mir anzuführen.

Peiper hat aus einer Münchener Handschrift 1874 eine
in Prosa geschriebene Humanistenkomödie veröffentlicht,[3] deren
Abfassung etwa in das Jahr 1491 fällt, und der er bedeutende
Vorzüge vor Reuchlins „Produkt" — er meint die *Scaen. prog.* —
zuspricht. Freilich habe Reuchlin, indem er den Jambus ver-
wendet, in der Form über jenen Anfang hinauszugehen ver-
sucht; für unser Ohr jedoch sei die Prosa des ungenannten
Verfassers jener Humanistenkomödie wie die der italienischen
Komödien unzweifelhaft ansprechender als diese noch ungelenken
Rhythmen; das Ganze selbst bestehe aus einigen ziemlich will-
kürlich zusammengesetzten Scenen ohne Witz; selbst gröbere
Komik finde sich selten, die Charakteristik sei eine durchaus
mangelhafte. Dem gegenüber mag es genügen, auf Geigers und
Scherers besonnene Beurteilung hinzuweisen. Der erstere sagt:

---

1) Allg. Übersicht der deutschen Kulturgeschichte bis zu Maximilian I. Hamburg 1788. S. 219 — 223.

2) Joh. Reuchlin S. 80 — 92.

3) Jahrbücher f. Philol. u. Pädag. Bd. CX, S. 131 ff.

„Der Dialog des Stückes *(Scaen. prog.)* ist belebt, witzig, die Sprache gut, die Scenierung weit besser als in dem französischen Stücke *(Maitre Pathelin)* .... Was den Zeitgenossen die Komödien besonders anziehend machte, das war die glückliche und leichte Behandlung der Sprache. Reuchlin schrieb gut und gewandt, klar und verständlich, wenn auch nicht mit der oft gesuchten Eleganz der Erasmianer, der wuchtigen Stärke eines Hutten."[1] Der geistvolle W. Scherer, dem unter den deutschen Litterarhistorikern ein hervorragender Platz gebührt, bezeichnet Reuchlins Henno als das beste der von den deutschen Humanisten verfafsten lateinischen Stücke, in welchem zwar der Stoff der französischen Farce nicht gerade glücklich umgebildet sei, das aber doch, dank der guten Quelle, weit über dem Trosse lateinischer und deutscher Komödien selbst des 16. Jahrhunderts stehe.[2] Auch K. Schaumburg, der hinsichtlich der plastischen Herausarbeitung der Gestalten sowie der Komik der Situation die französische Farce vorziehen möchte, erkennt die aufserordentliche Bedeutung des Reuchlinschen Lustspieles an, da es zuerst in kunstgemäfser, knapper Form eine gesunde Grundidee streng und einheitlich durchführe.[3]

FÜNFTER ABSCHNITT.

DIE DEUTSCHEN NACHBILDUNGEN.

A. DRAMATISCHE NACHBILDUNGEN.

1. HANS SACHS.

Der erste, der eine deutsche Bearbeitung von Reuchlins *Scaen. prog.* veranstaltete, war Hans Sachs. Der Nürnberger Meister hat mehrere weltliche Dramen geschaffen, die auf antiken Vorbildern ruhen. Er brachte je ein Stück des Plautus,

---

1) Joh. Reuchlin S. 88. 92.
2) Gesch. d. deutschen Litteratur. 3. Aufl. S. 251.
3) Zeitschr. f. neufranz. Sprache u. Litt. IX (1887), S. 18 ff.

des Terenz und des Aristophanes (nach einer Prosaübersetzung)
in eine dramatische Form. Er dichtete eine Lucretia und eine
Virginia nach Livius; er behandelte in der Komödie „Pallas
und Venus" den Streit zwischen der Tugend und der Wollust;
er dramatisierte eines der Totengespräche des Lucian, schrieb
ein „Urteil des Paris" und bearbeitete eine Reihe von Tragödien, die dem griechischen Sagenkreise entstammen.

Am Montag nach Obersten (9. Januar) 1531 vollendete
Hans Sachs „Eine Comedi, mit X Personen zu Recidiern,
Doctor Reuchlins im Latein gemacht, der Henno." Keller,
Hans Sachs' sämmtliche Werke. VII, 124—153. (Bibl. des
litt. Vereins zu Stuttgart Nr. 115.)

Da tritt der Ehrenhold ein und spricht:

> Gelück und heil und alles gut
> Wünsch ich euch aufs frölichem mut'
> Den erbarn herrn uud züchting frawen.
> Zu euch komb wir auff gut vertrawen,
> Ein teutsch comedie hie zu machen,
> Kurtzweilig fein und gut zu lachen.
> Schrieb im latein der hoch geehrt[1]
> Doctor Reuchlin, der rechtn gelehrt,
> Von einem bawren, genent Henno.

Dann giebt er kurz den Inhalt des Lustspieles an. Gottsched
begleitete die Anzeige des Sächsischen Stückes mit folgenden
Worten: „Dieses ist vermutlich das Stück, welches Reuchlin
dem Kaiser Maximilian vorgestellt hat. Ob Hans Sachs Latein
gekannt hat, weiß ich nicht. Vielleicht hat er sichs erst in
ungebundener Rede übersetzen lassen, hernach aber in Reime
gebracht. Der Grundtext ist mir nie zu Gesicht gekommen."[1]
Wir haben bereits gesehen, wie eifrig Gottsched bemüht war
das Original zu erhalten, und wie seine Mühe nicht vergeblich
war. Aber im Jahre 1757, wo er den ersten Teil seines

---

1) Im Originaldruck (Nürnberg 1560. II, 2, 32c) steht „gelehrt",
aber es muß wohl „geehrt" gesetzt werden.

2) Nötiger Vorrat I, 61.

„Nötigen Vorrats" erscheinen liefs, kannte er den Henno noch nicht.

Die Übersetzung des Hans Sachs verdient unsere Anerkennung; im Vergleich mit anderen ähnlichen, nach antiken Vorbildern bearbeiteten Dramen des Dichters nimmt dieselbe eine der ersten Stellen ein. Obgleich die Arbeit in den Anfang seiner dramatischen Thätigkeit fällt, so macht sie doch den Eindruck eines Meisterwerkes. Sie läfst den Schlufs zu, dafs Sachs, da er unzweideutig den Henno im Original vor sich gehabt hat, der lateinischen Sprache wohl kundig gewesen ist; auch ist von einer vor ihm veranstalteten deutschen Überarbeitung, die er vielleicht benutzt haben könnte, nichts bekannt. Wie trefflich ist z. B. das Sprichwort: *Tenax requirit prodigum* (v. 42) durch: „Ein Sparer mufs ein Zerer han"[1] wiedergegeben; das seltene *suparum* (52) giebt er durch „zwilchene Joppe" wieder; *aedituus* (180) ist ihm der Mefsner; und wenn dieser die Uhr *indocte regit* d. i. ungleich richt, so setzt Hans Sachs erklärend hinzu:

> Nach dem er trinkt, richt er die uhr,
> Wir richten uns nach der sonnen nur.

Der Danista ist ihm der Gewandschneider oder der Tuchgewendter; *nisi tui fidentior essem, nihil non suspicarer* (253) lautet bei Hans Sachs:

> Wo ich nit bafs vertrauet dir,
> Würstu verdächtlich sein bei mir;

'*non inde sic evaseris trilittere*' (270) giebt er so wieder:

> Ein mensch droier buchstaben scharf,
> Ein dieb ich nit wol sagen darf.

Dabei ist die Übertragung keine sklavische, sie zeigt vielmehr eine aufserordentliche Gewandtheit des Dichters in der Umformung des lateinischen Originals.

---

1) In dieser Form findet es sich häufig in deutschen Dramen des 16. Jahrhunderts.

Sehr schön sagt Elsa, als sie ihren heimlichen Schatz aufsucht:

> Liebs beutelein, laſs sehen dich;
> Sag mir bald, wie gehabst du dich?

Aber als sie ihn nicht mehr findet, bricht sie in Klagen aus:

> O weh, hat dich alls unglück troffen!
> Wie stehn dir all dein fächer offen!
> O weh, das ist mein beutel nicht.
> Jo, jo, mich drieg [trügt] denn mein gesicht.

Und ebenso schön läſst der Dichter die Elsa sagen, als Greta ihr den Sternseher empfohlen hat, der wohl mit einem Schilling zufrieden sein würde:

> O nachbarin, das ist mir lieb,
> Der schillinger wird nützer sein
> Und besser, denn der zoll am Rhein.[1]

Oft fügt Hans Sachs zur Orientierung der Zuschauer mehrere Verse ein, namentlich wenn eine neue Person in die Handlung eintritt. So läſst er den Danista, ehe er mit Henno zusammenkommt, einen Monolog sprechen:

> Ich bin heint gelegen und hab gesorgt,
> Hab gestern eim bauernknecht tuch geborgt,
> Der sagt, sein bauer würd heut kommen,
> Mich zablen, hab ihn doch nit vernommen.
> Ich fürcht, der baur brauch gefähr.
> Dort geht er eben gleich daher.

Petrucius führt sich mit folgenden Worten ein:

> Man wird jetzt sitzen zu gericht,
> Bin doch von niemand bestellet nicht,
> Dem ich daran soll prokuriren!
> Will niemand heut mein hand mir schmieren?

---

1) Wir möchten hier einen Anklang an das im 16. Jahrhundert sehr verbreitete Schlemmerlied sehen, in welchem es heiſst:

> Mein glück kumt mir erst morgen,
> Het ich das kaisertum,
> Darzu den zol am Rhein
> Und wer Venedig mein etc.

Auch am Ende der Scene fügt Hans Sachs einigemal noch einige Verse hinzu, die zur Charakteristik der betreffenden Personen dienen. Als Petrucius den Dromo, von dem er nichts zum Lohne erhält, zum Henker wünscht, spricht er:

> Ich hab auch manchen mann betrogen,
> Bei der nasen am recht umzogen,
> Betreugt mich gleich der bauernknecht,
> Dünkt mich, mir gescheh nit gar unrecht.

Die Chöre des Originals hat Sachs nicht beachtet. Dafür giebt er seiner Komödie einen den Forderungen der dramatischen Technik entsprechenden Schlufs, indem er der Verlobung Dromos mit Abra unmittelbar die Hochzeit folgen und dazu den Spielmann einen Tanz aufspielen läfst. Endlich schliefst der Ehrenhold das Ganze mit einer Aufstellung von Lehren, die aus der Komödie gezogen werden. 1) Der Hausherr sei nicht lose, vertrunken, bübisch und verspielt, denn wenn auch seine Frau heimlich abstiehlt und Tag und Nacht zusammenkratzt und tüchtig arbeitet, so hilft das nicht alles. 2) Das Gesinde sei nicht verlogen, falsch, listig, verschlagen oder diebisch gesinnt, denn 'wo sich das ereig, da kommt man nicht auf grünes Zweig.' 3) Man lasse sich nicht auf Prozessieren ein, denn der Prokurator nimmt das Geld und läfst dem Rechtsuchenden den Beutel. 4) Eheleute sollen ehrbar wandeln, in Eintracht leben und dem Gesinde und den Kindern stets als Vorbild dienen —

> Wie man dergleich noch sehen thut,
> Dann nimt man zu an ehr und gut,
> Wo man nach dieser lehr aufwachs.
> Das alles wünschet uns Hans Sachs.

2. JOHANN BETZ.

Eine zweite Bearbeitung des Reuchlinschen Henno lieferte 1546 Johann Betz.

Ein Comodi, dio | sich mit dem Sprich- | wort vergleicht, so gesagt wirt. | Ein betrug, betreugt den andern, | dauon dise Comedi. | Johann Betz. | 1546. | [Holzschnitt: Zwei Parteien vor dem Richter.] Am Ende: Gedruckt zu Nürnberg | durch Georg Wachter. | 26 Bl. 8. (v. Maltzahn, deutscher Bücherschatz S. 183. Nr. 1113. Universitäts-Bibliothek in Leipzig, defekt.)

Johann (Hans) Betz aus München, eines Küsters Sohn, etwa seit 1540 deutscher Rechenmeister in Nürnberg, dichtete aufserdem Verse zum Bilde von Hans Sachs (1545 Hans Guldenmund), „Sechs andechtige Haufs vnd Schul Gepetlein" (Nürnberg o. J. Johann Daubman) und „Die faul Schelmzunfft der zwelff pfaffenknecht" (Nürnberg o. J. Hans Guldenmund; letztere die Bearbeitung eines älteren, wahrscheinlich von Hans Rosenplüt herrührenden Spruches.[1] Eine treffende Charakteristik von ihm gab schon Michael Lindener in der 91. Geschichte seines Katzipori: „Ein kurz klein männlein, der alles schuldig war, was er um und an hatte, grob und unverschämt, dünkte sich ein künstler, verachtete alle guten herren und freunde, die mit dem schreiben umgingen, verachtete andere teutsche schreiber, dafs er endlich entlaufen mufste und fersengeld geben."[2] Betz scheint seine Angriffe besonders gegen den angesehenen und verdienten Schreibmeister Johann Neudörfer[3] gerichtet zu haben, denn nach den Ratsprotokollen erhielt er im Jahre 1550 vom Nürnberger Rate eine Verwarnung, weil er gegen seinen Kollegen Joh. Neudörfer Umtriebe veranlafste.[4] Da seine Stellung in Nürnberg teils wegen seiner gehässigen Gesinnung gegen seine Amtsgenossen teils Schulden halber allmählich unhaltbar wurde, so verliefs er Nürnberg und begab sich, wie man meint, nach Mainz; dort soll er katholisch geworden sein. Weiteres über sein Leben ist nicht bekannt.

Die Widmung seiner Komödie (Nürnberg, den 6. April 1546) gilt dem Stadtschreiber zu Weifsenburg Wilhelm Schlecht.

---

1) Neudruck in Wagners Archiv f. d. Gesch. d. deutschen Sprache u. Dichtung I, 71—79. vgl. ebendas. S. 436—440 und Zeitschr. für deutsches Altertum XXI, 436.

2) Stuttgarter Publik. Nr. 163, S. 145.

3) Allg. deutsche Biographie XXIII, 481.

4) Kreisarchiv zu Nürnberg.

Es war ihm vom Wormser Stadtschreiber Johann Melchior Sey-
ter eine Komödie zugestellt worden, mit der Bitte, dieselbe in
Reime zu bringen; aber als sich Betz daran machte, fand er,
dafs kaum ein „gefügterer Schimpfpofs" zu finden sei, der
dem Terenzischen Sprichwort 'Ein Betrug betrügt den andern'
verglichen werden könne, als eine „Comedische Fabel," welche
der hochgelehrte Herr Doctor Johann Reuchlin vom betrüg-
lichen Knecht Dromo im Latein ganz lustig und kurzweilig gespielt habe. Um der Ursach und des lustigen Inhalts willen habe
er sie desto lieber und mit Fleifs in Verse gebracht, dabei
aber auch Epilog und Schlufs hinzugefügt. Nach Beendigung
seines Werkes hätten ihn seine guten Freunde Leonhard Kettner und Wolfgang Lithorus veranlafst, dasselbe durch den
Druck zu veröffentlichen, denn solche Gedichte würden vorgestellt, um das menschliche Wesen der Welt zu einem Spiegel abzumalen und seien bei den alten Philosophen in löblichen
Gebrauch gekommen. Von den hier genannten Freunden ist
Wolfgang Lithorus nicht weiter bekannt; Leonhard Kettner aus
Herzbruck, studierte zu Wittenberg, wurde von Melanchthon
an den Nürnberger Ratsherrn Hieronymus Baumgärtner empfohlen und war, nachdem er seine erste Anstellung in Rothenburg
a. T. erhalten hatte, bereits 1545 Kantor in Nürnberg. Aufser
mehreren kleineren lateinischen Schriften verfafste er ein Lied
auf Dr. M. Luthers Sterben (1546) und ist auch sonst als geist-
licher Liederdichter bekannt. [1]

Hans Betz' Bearbeitung liegt das lateinische Original zu-
grunde, aber sie steht der Hans Sachsischen hinsichtlich der
Formgewandtheit bedeutend nach. Nur im Versbau erlaubt er
sich gröfsere Freiheit. Betz wendet den Achtsilber nicht überall
an; an einigen Stellen hat er sich der Halbverse zu zwei Sen-
kungen und des sechssilbigen Jambus bedient. So sagt Henno
in der 1. Scene des 3. Aktes:

---

1) Will, Nürnbergsches Gelehrten-Lexikon II, 280. VI, 199. Goedeke, Grundrifs II, 158. 187. 240.

> Nun höret ihr,
> Ich habe schier
> All ding bereit,
> Wann es will werden jetzund zeit.
> Bald tragt die ding,
> Käs, pfifferling,
> Mit euch hinein,
> Verkaufts aufs höchst, als es mag sein.

Oder in der 2. Scene des 1. Aktes:

> Wiewol mein mann sehr klagt,
> Mich allzeit um geld plagt,
> So hat er doch den sinn,
> Daſs erm [er dem] wirt gibt den gwinn,
> Bei dem er allweg gschwelt [geschwelgt],
> Sam [gleichsam als] sei leicht gwinnen geld.

Zur Beurteilung der Betzschen Übertragung benutzen wir eine Stelle des 4. Aktes, in welcher Petrucius sich selbst als den gewinnsüchtigen Advokaten kennzeichnet.

> Armer leut erbarm ich mich weng [wenig]
> Dann sie machen mirs haus bald zeng [zu eng],
> Wann [denn] mein haus hat gern mit reichen
> Zu schaffen und was sind ihrs gleichen.

Vgl. Reuchlins Henno v. 298—302, welche Verse Hans Sachs so wiedergiebt:

> Ich bin nit ein vater der armen.
> Der reichen thu ich mich erbarmen,
> Die tragen mir helküchlein[1] zu,
> Derselben ich mich nähren thu.
> Der armen hab ich keinen gwinn,
> Darum, du armer, geh nur hin.

Aus v. 299 und 300, welche Hans Sachs ganz übergangen hat, macht Betz folgende weitläufige Schilderung:

> Dann ich hab derheim weib und kind
> Und darzu ein grofs hausgesind,

---

1) Ein Geschenk, durch welches ein Richter oder ein Advokat zu Gunsten der im Unrecht befindlichen Partei bestochen wird.

> Das muß ich alles ernehren,
> Dieweil sie mir gar viel verzern,
> Deshalb nutzt mir nit die arm rott,
> So sie des ihren selbst ist not.
> Drum maget wol nach eim andern fragn,
> Der sich jetzt in den sacb wöll schlagn,
> Dann ich mich dein nit zbessern [zu bessern] weiß.

Reuchlins *fenerator malus* (v. 305), welchen Ausdruck Hans Sachs durch 'arger Wucherer' wiedergiebt, umschreibt Betz mit: 'der da mit dem Judenspieß rennt.' Diese Redensart hat er jedoch, wie manches andere, erst aus Hans Sachs entlehnt, der V, 2 sagt:

> Das er ein großer wuchrer was,
> Vil leut betrogen hat dermaß
> Vnd mit dem juden-spießlein grent [gerennt].

In ähnlicher Weise bedient sich Betz des Ausdrucks:

> Er wolt brauchen ein judenbesuch (II, 2)

für: „er wollte dich betrügen."

Die Hans Sachsische Komödie kannte Betz entweder aus des Meisters Handschrift — die erste Drucklegung der Werke begann erst mit dem Jahre 1558 — oder aus einer öffentlichen Aufführung zu Nürnberg. Möglicherweise war Hans Sachs' Komödie auch schon in einem früheren Druck verbreitet.

3. GREGOR WAGNER.

Ein Jahr nach Betz' Übertragung erschien eine andere.

Ein hübsche | deutsche Comedi, | die da leret das Vn- | trew seinen ei- | gen Herrn | schlecht. | Durch Magist. Gregorium Wagnerum in reimweise ge- | stellt, mit einer vorrede vom | geistlichen Kampff, an | den erbarn, vhe- | sten Christoff | Pruckman. | *Iacobi IIII.* | *Purificate corda dupli-* | *ces animo.* | ANNO. M. D. XLVII. — Am Ende: Gedrückt zu Franck- | fort an der Oder, durch | Nicolaum Wolra- | ben. | ANNO. M. D. XLVII. 40 Bl. 8°. (Königl. Bibliothek zu Berlin.)

Der Verfasser, Professor der komischen Poesie in Frankfurt a. d. O., der später Theologie daselbst lehrte und dann Prediger in Danzig wurde, wo er 1557 starb, war ein jüngerer Stiefbruder des Professors Jodokus Willich aus Rößel und wurde von diesem veranlaßt, das Schuhmacherhandwerk, das er anfangs erlernt hatte, aufzugeben und sich den gelehrten Studien zu widmen. Er besuchte nun das Gymnasium zu Frankfurt, bezog die Universität daselbst und brachte es bis zum Magister. Darauf wurde er Schulrektor in Berlin — er bekleidete 1538 die Rektorstelle an der Nikolaischule — später Professor in Frankfurt. Zu Willichs Terenzausgabe (Colon. 1567) schrieb er eine längere *epistola dedicatoria* an dessen gleichnamigen Sohn *(Ex musaeo nostro circiter ferias divi Michaelis 1550. Gregorius Vuagnirus Resellianus)*, außerdem verfaßte er einige 'Reime vom zötlichten Hosenteuffel', die in Andreas Musculus' Hosenteufel (Frankfurt 1556) abgedruckt sind.

In der Widmung an Christoph Pruckman, seinen Schwager, bemerkt der Verfasser, daß er diese Komödie zu Ehren eines Brautpaares gedichtet und auf den Wunsch vieler frommen Leute, die das Spiel gesehen und gehört, durch den Druck veröffentlicht habe. Aber nicht von Lobes- und Ruhmeswegen habe er die Komödie an den Tag gegeben — reimen können auch wohl schriftlose d. i. Nichtgeistliche — sondern als eine Warnung und Vermahnung der sicheren Welt, die voller Untreue lebe und schwebe. Sodann folgt eine lange theologische Auseinandersetzung über den Kampf des Menschen mit der Sünde, in welche ein Lob der Poeten eingefügt ist. Zwar lehren, sagt Wagner, die Poeten in ihren Komödien nicht, wie man vor Gott soll selig werden, aber sie wollen doch, daß durch ihr Schreiben gute Tugend gefördert und ehrbarliche Sitte erhalten werde. Wenn Paulus Coloss. 3 zu einem ehrbarlichen Wandel mahnt: So leget nun von euch Zorn, Grimm, Bosheit, Lästerung und ziehet an herzliches Erbarmen, Freundlichkeit, Demut, Sanftmut, Langmut etc., so lehrt der Terentius in den Adelphen, daß wir sollen Miciones sein, nicht

Demea, d. i. sanftmütig, linde, glimpflich und nicht halsstarrig, grimmig und ungefüge.[1] Damit aber die Tugend desto vortrefflicher geachtet werde, so stellen die Poeten die „Greulichkeit" neben die Tugend, und da sieht man in einem Spiegel klar, was einer jeglichen Person wohl und übel ansteht, die Tugend zu begreifen, das Böse zu vermeiden. Auch Seneca schreibt, dafs keine Lehre und Kunst der Poeten zu verachten sei, denn ein Weiser suche daraus das Gute und verwerfe das Böse.

Am Schlusse beantwortet der Verfasser die Frage, warum er diese Komödie geschrieben. Zunächst habe er seinem Schwager die Mahnung zukommen lassen wollen, sich vor Untreue zu hüten; denn er sehe, dafs er im Verkehr mit vielen Leuten stehe, deren Herz ihm verborgen sei; sodann habe er seinen Schwager, der den gelehrten und schönen Künsten zugethan sei, ehren und ihm für seine Freundschaft, Wohlthat und guten Willen danken wollen.

Wagner ändert einige Namen: Heintz ist der Bauer, Elsa sein Weib, Käthe ihre Tochter, Rompelt der Knecht, Grete die Nachbarin, Schalmach der Kaufmann; Petrucius, Alcabicius und Minos sind unverändert geblieben; des Richters Knecht Maulusch fügt er hinzu. Im übrigen folgt er durchaus dem Reuchlinschen Vorbild. Akt- und Sceneneinteilung ist dieselbe (er nennt den Akt Handlung, die Scene Unterscheid); statt der Chöre giebt er Lehren, die meist durch historische Beispiele erläutert werden. So ist die Lehre der 2. Handlung ein Lob der Kunst,

> Damit der welt gedienet wird,
> Darzu ist sie ein schöne ziert,

---

1) Die beiden Hauptcharaktere der Adelphi des Terenz, „der milde, urbane Micio, der Frieden und Behagen liebt, dessen Weisheit, Ruhe und Liebenswürdigkeit in gewinnenden Zügen und in allen seinen Reden hervortritt — und der bäurisch polternde Rigorist Demea, schwarzgallig und schwerblütig, ungeliebt, gefürchtet, gemieden und verspottet" O. Ribbeck, Gesch. der römischen Dichtung. Stuttg. 1887. I, 151.

> Einem reichen ein gülden kron,
> Dem armen giebt sie guten lohn.

Am Kaiser Maximilian wird gezeigt, wie er zwar auch die ritterliche Kunst geübt habe, aber auch ein Freund der Wissenschaften gewesen sei.

Nach dem 3. Akt folgt eine Ermahnung zur Wahrheitsliebe, die aus Homer begründet wird.

> Homerus der hochgelart man
> Spricht, das nichts edlers gesein kan,
> Als mit trewer warheit vmbgehn,
> Bleibt vnwiderrüfflich bestehn.

Auch Pythagoras wird als Beispiel angeführt.

> Da Pythagoras gefragt wart,
> Was doch wohl die menschliche art
> Thet, da es Gott gleiche wer geacht,
> Meint, wenn sie die warheit betracht.

Die Lehre der 4. Handlung bezieht sich auf die Gerechtigkeitsliebe der Richter. An den 5. Akt wird eine sehr ausführliche „Lere" geschlossen, die den Hauptgedanken des ganzen Dramas: „Untreu schlägt ihren eignen Herrn" zergliedert. Den 9 biblischen Beispielen (Laban, die beiden Alten in der Geschichte der Susanna, Saul wider David, die Fürsten wider Daniel, Haman, Judas, Herodes, die Juden wider Christus) gehen die Fabeln vom Einsiedler und der Frau in der Stadt, und vom Vogel, dem Fische und dem Krebse voran.

Neben seinem lateinischen Vorbilde hat Wagner auch Hans Sachs und Betz benutzt. Vergleicht man die drei deutschen Bearbeitungen, so findet man mancherlei Übereinstimmungen, bei denen jedoch Hans Sachs das Prioritätsrecht in Anspruch nehmen darf. So findet sich 'erkratzen', das Sprichwort 'Ein Sparer muſs ein Zerer han' (bei Wagner mit der Änderung: 'dem sparer wird ein zerer gstelt.') Ja sogar den Titel ihrer Komödie haben Betz und Wagner aus Hans Sachs geschöpft. V, 2 heiſst es bei diesem: 'Betrog jn mit eignem betrug' und

ebendaselbst 'Das vntrew jren herrn schlug.'[1] Dasselbe gilt
von den Bezeichnungen des Fluches. Wenn es bei Hans Sachs
heifst:

> I, 1 Der jarrit sol des hawron walten!
>
> III, 2 Ey das schüt dich der jar-ritt!

so sagt Wagner:

> III, 2 Das lohn dir das falbel vnd der ritt!
>
> III, 4 Das dich die peul vnd der ritt schütt!
>
> IV, 2 Lafs den huhon den ritten han![2]

Zuletzt mag eine Stelle aus IV, 1 beweisen, wie sich die beiden Nachahmer zu ihrem deutschen Vorbilde verhalten:

Hans Sachs.

> Ich solt ein thuch mein herren holen,
>
> Der gab acht gülden mir verstolen.
>
> Die behielt ich on alle sorg
>
> Vnd nam das tuch von jm auff borg,
>
> Verkaufft dasselb thuch wiederumb,
>
> Dasselbig gelt auch zu mir numb.

---

1) **Marcus Pfeffer** wendet diese sprichwörtliche Redensart im
Argument des 4. Aktes seiner „Esther" (1621) an:

> So thut sich das blat verkehren,
>
> Vntrew schlegt seinen eignen herrn.
>
> Denn die gruh die man gräbet ein,
>
> Da mufs man fallen selber drein.

Ebenso **Ambrosius Pape** in seinem Drama vom Glück und Zustand
eines rechten Christen (Magd. 1612), III, 6:

> Die sach dem lieben gott befehle,
>
> Der wirds zu machen wissen recht,
>
> Dafs vntrew jhrn eign herren schlegt.

2) Über ritt = Fieber, jarritt = das das ganze Jahr hindurch wäh-
rende Fieber s. Grimm DW. IV, 2, 2247. — Weitere Belege bietet
P. Pantzer, Tragödie von den 13 türkischen Fürsten (1595) Akt IV:

> Schlag drauff, wer drauff schlagen kan,
>
> Faul händ die gehe der ritten an.

Konrad Porta, Maidleinschule (1573) V, 6:

> Nun wils die gicht und ritten han.

Nun sie mich beyd darumb anreden.
Ich aber laugn¹ jn allen beden,
Weil jr keiner beweisen kan,
Von jm etwas empfangen han.

Betz.

Acht gülden mir mein herr hat geben,
Sol jm kauffen ein tuch dafür,
　Dasselb gelt hab jch bhalten mir,
　Hab tuch borgt vnd wider verkaufft,
　Yetzund ein yeder zu mir laufft,
Nun wil der ein haben das gelt
　Vnd der ander stuch obgemelt,
Aber doch yr keynr beweyson kan,
　Das jch von jm was gnummen han.

Wagner.

Ich solt meinom herrn tuch kauffen,
Da wolten sie mich sohir rauffen.
Gab mir acht gülden, die ich nam,
　Vnd da ich nun zum kauffherrn kam,
Behielt ichs gelt und borgts gewant,
　Vorkaufts bald eim frembden auffs lant.
Nu wöllen sie beid von mir han
　Vnd greiffen mich jtzt mit recht an,
Aber keiner kans beweisen,
　Sonst würd ich den thurm boscheifsen.

Vergleicht man diese drei Übersetzungsproben mit dem Original (Reuchlin v. 308 — 312), so wird man unbedingt der Hans Sachsischen Darstellung den Vorzug geben müssen.

Der von Wagner gewählte Titel „Untrew schlecht seinen eigen herrn" findet sich auch in einer Bearbeitung von Jakob

---

1) verläugnen. Vgl. Hans Sachs IV, 2

　Her richter, der stumme man
　Nit laugnen noch bekennen kan.

Ebenso Betz:

　Herr richter, weil denn solchermassen
　Der arm mensch taub ist, wie vor augn,
　Kan weder bekennen noch laugn.

Ayrers Comedia vom König in Cypern (1618), einer in Prosa abgefaísten fünfaktigen Komödie 'Der Stumme Ritter Oder Vntrew Schlecht Ihren Eygen Herrn. Tragi-Comoedia', welche in einer dem 16. Jahrhundert angehörenden Handschrift der Danziger Stadtbibliothek aufbewahrt ist. Desgleichen erscheint er in dem Repertoire, welches der Komödiant Kaspar Stiller aus Hamburg in der Zeit von 1654 und 1663 dem Mecklenburgischen Herzoge Gustav Adolf zu Güstrow einreichte.[1]

4. JAKOB KLYBER.

Eine deutsche Bearbeitung der Reuchlinschen Komödie von Jakob Klyber zu Volkach mit einem Eingang und Beschluís Fabian Kürfsners von Priestatt (Strafsburg 1558) nennt C. F. Schnurrer, Litterarische und biographische Notizen von den ehemaligen Lehrern der hebräischen Litteratur in Tübingen. Ulm 1792. S. 51. Ein Exemplar habe ich nicht aufgefunden.

5. DAS LUZERNER NEUJAHRSSPIEL.

Die letzte deutsche Bearbeitung der *Scaenica progymnasmata* aus dem 16. Jahrhundert ist das Luzerner Noujahrsspiel 'Der treue Knecht', dessen Entstehung sonst in das Ende des 15. oder in den Anfang des 16. Jahrhunderts verlegt wurde,[2]

---

1) Bolte, Jahrb. des Vereins für niederdeutsche Sprachforschung XII (1886), 132.

2) Mone, Schauspiele des Mittelalters II, 378—410; Keller, Fastnachtspiele aus dem 15. Jahrh. Nr. 107. S. 820—850. Beide nebst Grimm (Essays S. 121) vertreten diese Ansicht, doch bemerkt Keller S. 1520, dafs Kurz Gesch. d. deutschen Litteratur I, 714 daran erinnere, dafs der Stoff des Noujahrsspieles mit dem Advocat Pathelin verwandt sei, während noch Grimm, der 1854 seine Abhandlung schrieb, bemerkte, dafs er von der Übereinstimmung mit dem Reuchlinschen Henno in keiner Litteraturgeschichte etwas erwähnt finde. Kurz nennt das Neujahrsspiel eine Erscheinung, die besonders dadurch merkwürdig sei, dafs die Hauptcharaktere: der Bauer, seine Frau und der Knecht, scharf und richtig gezeichnet sind, und dafs der Dichter eine Anzahl

das aber dem Jahre 1560 zuzuweisen ist, nicht nur aus inneren Gründen, sondern auch deshalb, weil die Luzerner Handschrift (Nr. 160), welche dasselbe enthält, noch zwei Fastnachtspiele aufweist, von denen das zweite 'Von astrology vnd warsagren' zu Fryburg im Uchtlande nachweislich im J. 1560 gehalten worden ist.[1]

In dem Schweizerspiele beginnt der Exklamator mit einer Betrachtung der sittlichen Zustände der Menschheit, die nur auf die Erwerbung zeitlichen Gutes bedacht sei. Es solle nur zur Warnung gezeigt werden,

> Wie ein stallknecht hat gethan
> Sinem meister hinderruck
> Ein büeberei und schelmenstuck,
> Damit er ouch guot mecht gewinnen,
> Dan er gar wol kont besinnen,
> Hat er gout, hat ouch eer.
> Darum so schwigend und losent mehr.

Akt I. Der Bauer Rüedi gelobt seiner Frau Grete, die ihm wegen seines unordentlichen Lebenswandels Vorwürfe macht, ernstliche Besserung und traut den Prophezeiungen des Zigeuners, der ihm die Amtmannsstelle im Dorfe verheifst, wenn er nur bessere Kleider anziehen wolle. — Akt II. Grete kann Rüedis Bitte, ihm Geld zu geben, damit er bei der Hochzeitsfeier von Rufflis Tochter standesmäfsig auftreten kann, nicht erfüllen, da sie keinen Pfennig im Hause habe. Der Stallknecht aber entdeckt dem Herrn, dafs er im Stalle einen viel-

---

glücklicher Züge einzuflechten weifs, welche teils von komischer Wirkung sind, teils über Personen und Verhältnisse dramatisches Leben verbreiten. Aber auch das hält Kurz nicht für wahrscheinlich, dafs das Neujahrspiel dem Maître Pathelin nachgebildet ist, weil sonst gewifs noch viele komische Züge und Verwicklungen des durch dramatische Lebendigkeit und echt komische Kraft ausgezeichneten französischen Spieles beibehalten worden wären, die sich im deutschen Stücke nicht vorfinden.

1) Goedeke II, 351. Seiner Ansicht ist Keller, Nachlese zu den Fastnachtspielen S. 379 beigetreten.

leicht von der Frau versteckten Beutel mit acht rheinischen
Gulden gefunden habe und erhält von Rüedi den Befehl, von
seinem Funde zu schweigen und für das Geld in der Stadt
beim Tuchhändler Tuch zu einem Rocke zu kaufen. — Akt III.
Der Knecht erhält vom Tuchhändler (Düchman) das gewünschte
Tuch, nachdem dieser seinen Herrn als einen frommen Mann
geschildert, dessen Name ja in seinen Büchern stehen müsse. —
Akt IV. Der Knecht berichtet, dafs er das Tuch noch nicht
zur Stelle habe, da über die Wahl der Farbe ('gel oder rot,
wis ald blau, schwarz oder brun, grüen ald grau') von seinem
Herrn nichts entschieden worden sei; doch habe er das Geld
dem Tuchhändler einstweilen gelassen. Rüedi begiebt sich mit
dem Knechte in die Stadt, um die Angelegenheit selbst zu
ordnen; seine Frau mufs ihm Milch und Butter zum Verkauf
mitgeben. Inzwischen hat Grete den Verlust ihres im Stall
versteckten Geldbeutels mit acht rheinischen Gulden entdeckt
und klagt denselben ihrer Gevatterin; sie hofft wieder in den
Besitz des Geldes zu gelangen, wenn die Kuh, die den Beutel
vielleicht gefressen, zum Herbst geschlachtet wird; aber ihr
Mann dürfe von ihrem Kummer nichts erfahren. — Akt V
(in der Handschrift IV). Rüedi verlangt vom Tuchhändler
das Tuch; als dieser behauptet es dem Knechte gegeben zu
haben, erkennen sich beide als betrogen und wollen den Knecht
verklagen. — Akt VI (in der Handschrift VII). Rüedi und
der Knecht begeben sich zum Tuchhändler, der dem Knecht
eine Strafpredigt hält und mit dem Galgen droht. Als dieser
sich in seiner Ehre gekränkt sieht, verlangt er eine gericht-
liche Entscheidung. Diese wird auch unmittelbar darauf ge-
troffen, nachdem der Knecht einen Fürsprech für sich gewonnen hat, dem er acht Gulden verspricht, wenn er ihn rette.
Der Fürsprech rät ihm, sich während der Verhandlung stumm
zu stellen. In der Gerichtsverhandlung antwortet der Knecht
auf alle Fragen nichts als „Weiw" und wird nach dem Urteil
der vier Richter, von denen jeder seine Meinung vorträgt, als
Narr freigesprochen. Der Tuchhändler nimmt sich vor, künftig

vorsichtiger zu sein. Rüedi glaubt, dafs er beim Knecht Tuch
und Geld finden werde. Als endlich der Fürsprech vom Knecht
seinen Lohn verlangt, antwortet dieser nun auch mit „Weiw"
und betrügt so auch diesen. — Im Beschlufs werden morali-
sierende Gedanken entwickelt: Freude kommt selten ohne Leid;
wer seinen Sinn allein auf zeitliches Gut richtet, der achtet
wenig hier auf Erden, ob ihm auch Recht oder Unrecht werde,
der übersieht Gott und Welt, denn nur Geld ist ihm von Wert.

Die Benutzung des lateinischen Originals ist eine sehr
freie, die Abhängigkeit nicht so sklavisch als bei den andern.
Daher erklären sich auch die mannigfachen Abweichungen: das
Auftreten des Zigeuners, der den Astrologen Reuchlins vertritt,
der aber vom Bauer, nicht von der Bäurin befragt wird; die
ausführliche Behandlung der Gerichtsscene; die Auffindung des
versteckten Geldes durch den Knecht u. a. Dafs die Namen
der auftretenden Personen anders lauten, fällt nicht ins Gewicht. Eine Übereinstimmung mit Hans Sachs, die aber eine
zufällige sein kann, findet sich in Rüedis Worten, in die er
ausbricht, als er mit dem Tuchhändler die Büberei des Knechtes entdeckt:

Ich wett o, dafs in der rüt schüt

d. h. ich wollte eher, dafs ihn das Fieber schüttelte. Aber
zweifelhaft erscheint es mir, ob ein Gewicht darauf zu legen
ist, dafs der Knecht im Maître Pathelin Bee sagt, während ihn
Reuchlin Ble sagen läfst; jedenfalls hatte Reuchlin diesen Laut
nicht mehr in sicherer Erinnerung. Wichtiger dürfte die That-
sache der Übereinstimmung der sämtlichen deutschen Bearbeiter
sein, denn sowohl Hans Sachs als Betz und Wagner haben
Ble, ein Beweis dafür, dafs sie das Original vor sich gehabt
haben; der Schweizer Dichter jedoch wandelte aus dialektischen
Gründen das Ble in „Weiw."[1]

---

1) K. Schaumburg a. a. O. S. 33 meint, dafs der Luzerner Dichter
bei Abfassung seines Neujahrsspieles unter italienischem Einflufs gestanden habe; auch von Wagner scheint er ihm abhängig zu sein.

6. CHRISTIAN WEISE.

In der grofsen Zahl von Dramen, welche der sächsische Dichter Christian Weise verfafst hat, bemerken wir das Lustspiel „Der betrogene Betrug",[1] welchem die Geschichte vom Henno zu Grunde liegt. Die Änderungen, die sich der Verfasser erlaubt hat, sind jedoch so mannigfach, dafs sich von einer Überarbeitung kaum noch reden läfst. Er selbst giebt den Inhalt an:

Eine Bauerfrau, die von einer Jungfer Geld zum Aufbewahren erhalten hat, hält den Schatz lange verborgen, bis ihr Mann ihn entdeckt. Er verbirgt ihn hinter einem Strauch, aber ein Knecht findet ihn und bringt ihn an eine andere Stelle des Gartens. Die Jungfer hat das Glück, den Topf mit dem Gelde zu finden und so zu ihrem Eigentum zu gelangen. Als die Bauerfrau ihren Verlust entdeckt, klagt sie es ihrem Manne; dieser bekennt nun seine Schuld. Als aber der Knecht des Diebstahls beschuldigt wird und, um sich zu rechtfertigen, den Topf aus dem Verstecke holen will, ist dieser verschwunden. Nun entsteht ein Zank, der nicht anders als mit einer Schlägerei endet.

B. ANDERE NACHBILDUNGEN.

1. JÖRG WICKRAM.

Als eine Nachbildung dürfen wir Jörg Wickrams Anekdote 'Von einem, der einen Fürsprecher überlistet· und hat ihn der Fürsprech das selbst gelehrt', betrachten, welche er in seinem 'Rollenwagenbüchlein' (1555) mitteilt.[2]

---

1) Lust und Nutz der spielenden Jugend. Drefsd. u. Leipz. 1690 (Anhang S. 1—59).

2) Kurz, Deutsche Bibliothek Bd. VII. Leipz. 1865. Nr. 36.

Einer ward vor dem Gericht um eine Sach angesprochen
des er sich wohl versah, er werde ohne Geld nicht davon
kommen. Das klagt er einem Fürsprecher oder Redner, der
sprach zu ihm: „Ich will dir zusagen aus der Sach zu helfen und ohn allen Kosten und Schaden davon bringen, sofern du mir willt vier Gulden zu Lohn für meine Arbeit
geben." Dieser war zufrieden und versprach ihm die vier
Gulden, sofern er ihm aus der Sach helfe, zu geben. Also
gab er ihm den Rat, wenn er mit ihm für das Gericht käme,
so sollt er kein ander Antwort geben, Gott geb was man
ihn fragt oder schalt, dann das einig Wort: Blee. Da sie nun
für das Gericht kamen und viel auf [gegen] diesen geklagt
ward, konnt man kein ander Wort aus ihm bringen denn
Blee. Also lachten die Herren und sagten zu seinem Fürsprecher: Was wollt ihr von seinetwegen antworten? Sprach
der Fürsprech: Ich kann nichts für ihn reden, denn er ist
ein Narr und kann mich auch nichts berichten das ich reden
soll; es ist nichts mit ihm anzufangen; er soll billig für ein
Narren gehalten und ledig gelassen werden. Also wurden
die Herren zu Rat und liefsen ihn ledig. Danach heischte
von ihm der Fürsprech die vier Gulden. Da sprach dieser:
Blee. Der Fürsprech sprach: „Du wirst mir das nicht abblehen [durch dein Blee verlieren machen]; ich will mein
Geld haben" und lud ihn vor das Gericht. Und als sie
beide vor Gericht standen, sagt dieser allewego: Blee. Da
sprachen die Herren zum Fürsprecher: Was macht ihr mit
dem Narren? Wifst ihr nicht, dafs er nicht reden kann?
Also mufste der Redner das Wort Blee für seine vier Gulden zu Lohn haben und traf Untreue ihren eignen Herrn.

Unzweifelhaft ist dem thätigen und vielseitigen elsässi-
schen Schriftsteller Reuchlins Komödie oder doch die Hans
Sachsische Bearbeitung bekannt gewesen, und es dürfte die Ansicht des Herausgebers des Rollenwagenbüchleins zurückzuwei-
sen sein, nach welcher Wickram wahrscheinlich aus dem
französischen Drama des Maître Pathelin oder dem Luzerner

Neujahrsspiel geschöpft habe; die letztere schon deswegen, weil das Luzerner Neujahrsspiel erst dem Jahre 1560 entstammt. Nicht unzweckmäfsig erscheint es, darauf hinzuweisen, dafs Wickram den Knecht stets „Blee" sagen läfst, und dafs er von diesem Worte sogar ein neues Wort: „Abblehen" ableitet. Gerade dieser Umstand läfst darauf schliefsen, dafs die Quelle für Wickram keine andere als die oben angegebene gewesen ist. Ebenso spricht dafür der am Schlusse befindliche Satz: „Untreu traf ihren eigenen Herrn."

2. GEORG ROLLENHAGEN.

Der Dichter des zuerst 1595 erschienenen „Froschmeuselers", der Rektor des altstädtischen Gymnasiums zu Magdeburg Georg Rollenhagen läfst im 22. Kapitel des 2. Teiles des 1. Buches den Reineke also zum Bauern sagen:

Als wir nun abgingen ins feld,
Das ich empfing mein urteilgeld,
Sagt ich dem bauern: In der stadt
Ein bauerknecht euch geborget hat,
So doch sein hofmeier gewolt,
Das ers bar überzalen solt
Mit dem geld, das er bett empfangen
Von ihm, als er zur stadt war gangen.
Als nun der kaufmann diesen knecht
Für dem richter bestallt zum recht,
Vertröst den knecht sein advokat,
Er macht ihn los durch seinen rat,
Wenn er seim weib ein pelz verehr
Und ihm die hälft vom geld gewähr.
Der knecht vorhiesch on alls bedenken,
Das geld und pelz willig zu schenken,
Wenn nur dem rat folget die that.
Darauf riet ihm der advokat:
Wenn er würd für den richter kommen,
Solt er sich stellen für ein stummen,
Und was auch je der richter sagt,
Ja wenn er ihn selbst ernstlich fragt,

Solt er nicht antworten denn: bleh;
Das recht ihm denn gewiß beisteh. —
Darum, als der kaufmann geklagt
Von den sachen, wie vor gesagt,
Der richter auch den knecht anredt,
Das er darauf sein antwort thät,
Antwort er: bleh, und gar nichts mehr.
Indeß trat der procrator[1] her,
Bat, das er günstig würd gehört,
Er wolt reden des knechtes wort,[2]
Weil ihm sein meir zuvor bericht,
Das er stumm wär und redet nicht.
Drum solt dor kläger seine klag
Beweisen nach seiner aussag,
Oder der richter diesen knecht
Unschuldig erkennen mit recht.
Der kaufmann sagt: wir waren allein,
Wer solt denn unser zeuge sein?
Der knecht sagt selbst, obs anders sei.
Der knecht sagt: bleh und blieb dabei.
Dem richter daurt des bauern not,
Gan[3] dem wucherer gern dou spott,
Und nach vielen reden wird erkannt:
Der knecht würd wider recht gemahnt.
Derhalben sprach der advokat:
Deine recht sach ihr endschaft hat.
Schaff nun, das auch werd zugestellt
Meim weib der pelz und mir das geld!
Was sagst du dazu? er sagt: bleh.
Hei, das thut mir im herzen weh,
Sprach sein meister, bist du so dumm
Und meinst, du solt gar bleiben stumm?
Red frei heraus, wir sind allein!
Er antwort weder ja noch nein,
Sondern sagt: bleh, das der procrator
Endlich sah wie ein wilder kater
Und stieß den knecht hin für das haus.
So blieb beid, pelz und gülden aus.

1) Prokurator, Anwalt des Beklagten.
2) er wollte den Knecht verteidigen.
3) = Gönnte.

Es ist leicht einzusehen, dafs Rollenhagen aus Reuchlins Darstellung seine poetische Erzählung geschöpft hat. Möglicherweise beabsichtigte er sogar eine Aufführung der *Scaenica progymnasmata* durch die Schüler des altstädtischen Gymnasiums neben den Lustspielen des Terenz, welche er überaus begünstigte. Die Bekanntschaft vermittelte vielleicht der seit 1597 am Magdeburgischen Stadtgymnasium wirkende Subkonrektor Valentin Cremcow, den wir bereits als Herausgeber der Reuchlinschen Komödie kennen gelernt haben.

SECHSTER ABSCHNITT.

DIE HANDSCHRIFTLICHE ÜBERLIEFERUNG.

Von Handschriften sind mir drei begegnet, von denen die eine *(Cod. Monac. lat. 24529)*, weil fehlerhafte Abschrift, von mir nicht benutzt worden ist. Von den beiden andern befindet sich *A* auf der königlichen Bibliothek zu Erfurt *(Mscr. fol. 88)*, *B* auf der Universitäts-Bibliothek zu Upsala *(Cod. Hist. 8)*.

A stammt aus der gräflich v. Boineburgschen Bibliothek und enthält aufser den *Scaen. prog.* noch die Tragödien des Seneca, die Satiren des Juvenal und die *Remedia amoris* des Ovid. Die Handschrift trägt die Jahreszahl 1497; den Anfang machen die *Scaen. prog.* Von Bl. 1 ist der untere Teil durch Schnitt entfernt, so dafs vom Prologus der letzte Vers und von Bl. 1ᵇ die Verse 36—41 fehlen. Die Überschrift der Akte und die Personennamen sind in roter Schrift gegeben; Bl. 1ᵃ beginnt mit der prachtvoll gemalten Initiale N. Bei der Didaskalie fehlt der zweite Absatz — ein Beweis dafür, dafs *A* noch älter als *B* ist, denn in *B* ist dieser Teil der Didaskalie von Reuchlin selbst hinzugefügt worden. Auch der erste Teil der Didaskalie enthält noch eine Lücke. Ein weiterer Beweis für die Priorität von *A* ist die Lesart *ter petit* in

v. 194, welche die ursprüngliche war. — Die Abweichungen
von *B* sind nur orthographischer Natur.

B ist von Jakob Wimpheling 1497 geschrieben. Der Codex enthält aufser den *Scaen. prog.* ein reichhaltiges Quellen-
material für die Geschichte des Humanismus, namentlich des
Heidelberger Kreises. Er wurde von Wimpheling dem berühmten Stettmeister von Strafsburg Jakob Sturm von Sturmeck[1]
geschenkt, wie die in der rechten Ecke des Innendeckels befindliche handschriftliche Einzeichnung bezeugt: '*Iacobi Sturm
Ex dono Iacobi Wympfe: Sacre pagine Licentiati.*' Die *Scaen.
prog.* sind auf Bl. 8ᵃ—21ᵇ in schöner deutlicher Schrift von
Wimpheling gegeben. Titel, Überschriften der Akte und die
Namen der Personen sind in roter Schrift ausgeführt. Am
Rande jeder Seite, bald links bald rechts, befindet sich der
Kommentar Reuchlins, in welchem das zu erklärende Wort
ebenfalls in roter Schrift geschrieben ist. Von den drei Teilen
der Didaskalie ist der zweite (— *Post vero quam* bis *gratias
egit)* von Reuchlin selbst in roter Schrift geschrieben und, wie
man aus den mehrfachen Verbesserungen und Streichungen zu
schliefsen berechtigt ist, haben wir hier die erste Fassung
jenes Teiles.

Beide Handschriften sind für die Geschichte des Textes
der Reuchlinschen Komödie insofern von Bedeutung, als sie
Lesarten bieten, welche sich in keinem Drucke finden, wie
v. 156 *decet*, wofür nach der ersten (Basler) Ausgabe alle
Drucke *docet* bieten — erst 1519 entdeckte Spiegel bei der
zweiten Bearbeitung seines Kommentars den Fehler und zwar
infolge einer Durchsicht der Wimphelingschen Handschrift, ohne

---

1) Wimpheling stand dem Sturmschen Hause sehr nahe. Er leitete Jakob Sturms Erziehung von dessen zehntem Lebensjahre (1498)
an und ging 1504 mit ihm und Franz Paul von Heidelberg nach Freiburg. Er widmete dem jungen Sturm mehrere Schriften; von 1505
bis 1508 lebte er im Hause des Ritters Martin Sturm, Jakobs Vater,
und bewahrte auch später seinem ehemaligen Schüler väterliche Liebe
und Freundschaft. Schmidt, *Hist. littér. de l'Alsace I, 54. 143.*

jedoch in dem Kommentar eine Bemerkung zu machen — oder
v. 369 *et caelestis*, wo sämtliche Drucke *et caelestibus* haben
(auch Spiegel in der zweiten Ausgabe, jedoch mit der Umstel-
lung: *Apollinis caelestibus concentibus*). Ebenso steht es mit
erronum (156); das *errorum* des ersten Druckes wurde von
allen beibehalten. Zwar bemerkte Spiegel schon 1512 in seinem Kommentar: '*pro errorum lege erronum*', aber im Texte
liefs er *errorum* stehen, und erst 1519 setzte er *erronum* in
denselben. Überhaupt hat Spiegel erst bei der zweiten Ausgabe seines Kommentars den Forderungen eines kritischen Herausgebers entsprochen, und es scheint als wenn er sich dabei der
wohlwollenden Unterstützung Reuchlins selbst zu erfreuen gehabt hat.

REUCHLINS KOMMENTAR.

Der in der Wimpheling-Handschrift vorhandene Kommentar Reuchlins bietet mancherlei interessante Aufschlüsse für die
Beurteilung des Standpunktes, welchen die philologische Vor-
bildung der Studierenden der damaligen Zeit einnahm. Zugleich
läfst sich auch die Sicherheit erkennen, mit welcher Reuchlin
auf die Bedürfnisse der studierenden Jugend einging; wir sehen
den Mann der Wissenschaft in seinem edlen Streben, auch
auf dem Gebiete der Pädagogik durch die Mitteilung seiner
eigensten Forschungen und die Überlieferung seiner wertvollen
Kenntnisse vorteilhaft zu wirken. Nur wenige seiner deutschen
Zeitgenossen vermochten im Jahre 1497, wo dieser Kommentar
entstand, die studierende Jugend in der griechischen und hebräischen Sprache zu unterweisen; meist waren sie in diesen
beiden Sprachen selbst die Lernenden.

Für Jakob Spiegel waren Reuchlins Bemerkungen von so
hohem Werte, dafs er sie fast ohne Änderung in seinen Kom-

mentar aufnahm, freilich ohne auch nur mit einem Worte seines Verfahrens zu gedenken. Nur einmal, wo er einen Arche-
typus nennt (fol. XLIII der Ausgabe von 1512), werden wir an
die Wimpheling-Handschrift erinnert, die sich heute in Upsala
befindet. Es handelt sich um die Erklärung von v. 194, wo
die ursprüngliche Schreibung *ter petit* auf Wimphelings Anlafs
mit Rücksicht auf den anstöfsigen Ausdruck in *basiat* geändert
worden ist. Spiegel sagt: '*Videor vidisse in archetypo loco
vocis „basiat" dictiones has „ter petit", quas poetae amicus vir
honesti aequi verique amantior in hanc vocem „basiat" commu-
tavit, quia haec comoedia pueris quibus maxima debetur reveren-
tia dedicata est; ne igitur tenera aetas mollioribus verbis infice-
retur, honestioris significantiae verbum positum est, quod si
plerique omnes facerent, profecto minus vel ipsa spurcitia spur-
ciora carmina ederentur vel legerentur.*'

PROLOGVS.

3 *Comoediam*] secundae aetatis iuxta Diomedem grammaticum.
4 *in ludum anilem*] i. e. in comoediam veteris disciplinae et
    inscita ioculatoria et actus breviusculos.
    progymnasmata] i. e. praeexercitamenta planipeda puerorum.
6 *Nam*] hoc est argumentum.
11 *Iambicis trimetris*] praeter choros qui concentu ac melodio
    coguntur variis esse pedibus.
14 *schola*] theatrum.
17 *Auris*] pro aures.
    actoribus] i. e. personis.

ACTVS PRIMVS.

23 *parsimonia*] sexti casus a parcendo.
25 *lodix*] lodices sunt panni quibus lectus consternitur, lingua
    nostra serg.

sutilis] quae crebro resuitur, scissa.

26 *lacerna*] breve pallium vix scapulas tegens.

ricula] diminutivum a rica quo mulieres caput operiunt; rica eyn gerigener schleyer, ricula ein stuch ader gurr — linteola quibus puellae capita velant.

calyptra] velum muliebre, lingua nostra sturtz.

27 *plagulis*] 'plagulae' pro vittis et taeniis ponitur.

30 *crumenula*] diminutivum a crumena i. e. loculus.

44 *adorior*] i. e. aggredior, verbum communis generis quod olim voce activa etiam dicebatur, hodie non ita.

45 *bonum sero*] ut doctis risum moveat utitur sermone neoteri- cis indoctis consueto. sed idonei non sic loquuntur, nam apud latinos *sero* non est certa pars diei sed signi- ficat 'tarde', unde poma serotina quae tarde excrescunt. male igitur et non latine dicunt 'bonum sero', tanquam si dicant 'bonum nunquam.'

sero nimis] litteratius uxor respondet, quasi maritus bonum illi advenire tarde ac nullo tempore opportuno optaverit.

52 *suparum*] etiam suparus dicitur, angustum et vile hominis vestimentum quod brachia non tegit, alioquin habet multas plicas — lingua nostra strupp vel schurtz vel schürlicz.

56 *honestos et voluptuarios*] Est enim etiam honesta voluptas, ut in libro cui titulus est 'de honesta voluptate.'

59 *Danistam*] quidam vocant a dando fenori, sed male, nam a Graeco deducitur et significat feneratorem, quamvis sit hic nomen proprium mercatoris.

65 *manuleata*] i. e. manicata tunica quam Graeci vocant χει- ροδότην.[1]

penula] vestis vilis et densa qua caetera vestimenta ab imbre ac pluvia custodimus — lingua nostra ein mantel mit seiner caprutz.

---

1) Die griechischen Wörter sind in der IIs. sämtlich ausser zu v. 202 in lateinischer Schrift gegeben. Über Reuchlins griechische Studien s. Geiger, Reuchlin S. 95 ff.

68 *peculium*] a pecunia.

71 *in diem*] certum obligationis.

72 *ubi*] i. e. usque dum.

81 *tacebitur*] licentia.

82 *facit*] i. e. fingit. more graeco qui facere et fingere et pingere uno vocabulo enunciant.

84 *alumnus*] hic in activa significatione, alias secus.

89 *ea absenti*] i. e. cum loco abesset.

    excavare] exterebrare, effringere, eripere.

99 *pannosus*] qui nimis consutis vestibus incedit.

102 *tibi*] amphiboliam facit distinctio, nam si punctus praeponatur huic pronomini 'tibi', sensus est: utiliter geras quae tibi impero; sin vero postponitur, sensus est: utiliter tibi geras, et hanc sententiam callide servus amplexus est ut sibi et non domino utiliter gereret. ad hoc alludit 'pecunia nemini alteri.'

113 *secus*] adverbium i. e. aliter; est enim et praepositio: secus viam.

118 *loculum*] i. e. parvum locum quo argentum reponimus et capitur pro sacculo.

123 *Heus tu*] Vertitur ad thesaurum absconditum et est proso[po]poeia.

124 *sed ecce*] subita mutatio rerum comoediis apta, praesertim cum fit sine magno vitae discrimine atque periculo.

127 *Crumena*] thesaurus continens pro contento.

130 *abactum*] i. e. abductum, nam agere est ducere more Graecorum.

138 *mathematicus*] disciplinas de quantitate continua et discreta doctus. hunc olim divinatorem appellabant eo quod carminibus numeris et astrologiae daret operam, quibus rebus admiranda fiunt. hinc est quod sequitur *manticus* i. e. vaticinator, nam μάντις graece vates est latine, ut Homerus primo Iliados μάντι κακῶν. sed quod ait *peritus astrolabri* vocabulo astrologico ut rustica et indocta anus abutitur. nam ut dicimus labium et labrum latine, sic

non etiam dicimus astrolabium et astrolabrum. nam graeca et non latina compositio est, astrolabium euim dicimus instrumentum quo astra λάβωμεν i. e. capiamus, quia graece λαμβάνω significat capio, desumo, conicio. risum igitur poeta concitare voluit abusu vocabuli.

141 *quod*] rectius posuisset 'ut', sed metrum non est passum, quare tu 'quod' expone pro 'ut.'

142 *solidum*] Iurisconsulti appellant aureum, qui et huic astrologo in quaestum cessit, ut apparet circa finem scenae primae secundi actus.

144—152 Quia spectatores subitam et inopinatam Hennonis laetitiam post luctuosas querimonias ortam viderunt et simul ox muliercnlae profuso gaudio ingentem maerorem et lacrimas e vestigio nasci, eapropter eos hortatur chorus ne prosperis nimium confidant neque adversis nimium deprimantur: talem esse docet qui voluntarie pauper est.

ACTVS SECVNDVS.

153 *Ptolemaeus*] ille astronomus tempore Alexandri fecit librum quem propter quattuor tractatus nos appellamus Quadripartitum, sed Arabes nominant Al-arba-makalet i. e. quattuor tractatuum. hunc allegat Alcabicius eo vocabulo arabico.

156 *stellarum*] Stellas a stando fixas esse voluerunt, ut sint aliae a planetis. sed sidus est stellarum multitudo ut Pliades, Hyades, Cynosura etc.

erronum] Errones dicti sunt planetae a vago errore quem in sphaeris retinent, nam πλάνος graece vagabundus et crro est latine.

157 *amicitias et intnitus graves*] Aspectus vult dicere oppositos trinos quartiles et sextiles, item et coniunctiones astrorum.

158 *Domuum locationem*] non civilem de qua in iure de locato ot conducto sed astrologicam ut in Alcabicio.

singulam] prisce, quod nunc pluralis numeri tamen est.

161 *augurat*] licenter pro auguratur, non ab avibus sed ab aura
　　oscitans] i. e. otiosus et torpens.

162 *circulo*] sive sphaeram dicere vult seu circulos astrolabii.

165 *paupera*] secundum veteres. nunc 'pauper' communis gene-
　　ris dicitur ut supra 'pauper lacerna.'

167 *abitedum*] 'dum' syllabica adiectio et vehementiam designat
　　ut in Terentio: Sosia adesdum.[1]

171 *cedo*] i. e. dic.

173 *Aries*] Incipit numerare a signo ascendente usque perveniat
　　ad horam circiter secundam post meridiem.

176 *Sexta domus*] Ab his domibus astrologi fortunas et infor-
　　tunia supputant, unde xii signa Hebraei vocant mazaloth
　　i. e. fortunas et siderationes.

178 *atomo*] Hic poeta videtur irridere astrologos.

180 *Aedituus*] qui aedem publicam tuetur, qua solent insignia
　　horologia reponi, ut populus horarum discretionem agno-
　　scat.

181 *vel*] i. e. saltem.

182 *Post portionem mediam*] i. e. post mediam horam ubi coe-
　　pit tertia triplicitas. nam astrologi dividunt quamlibet
　　horam in tres triplicitates et unicuique triplicitati unum
　　planetam constituunt dominum.

189 *Nebrideque*] pelle hirsuta secundum ventrem amictus.

191 *Bibit*] Poeta nunc ad hoc alludit quod supra de se ipso
　　Henno confessus est in prima scena actus primi.

199 *dicere*] nam astrologum oportet non nimis ad particularia
　　descendere ut probat Hali in Centilogio Ptolemaei.

201 *suspicor male*] subaudi 'de viro meo'.
　　nescio] i. e. adhuc certa non sum.

202 *Valete*] i. e. abite. nam sic solet et apud Graecos quoque
　　intelligi χαίρειν.

204 *nequivi neminem*] Duae negationes more poetico et etiam
　　Graecorum consuetudine validiores sunt in negando quam

---

1) Andria I, 1, 1.

una. quare non procedit haec ficta regula: Duae negationes faciunt unam affirmationem. nam id non semper locum obtinet.

207 *expilare*] dicitur aliquid passim vi surripere, secundum Asconium.[1]

211 *Rixantur*] a rixa i. e. contentione. Cicero: rixa est inter competitores.

213 *sibi*] i. e. ei secundum Laurentium Vallam,[2] quamvis et apud idoneos scriptores id non ubique observetur.

216 *secus*] i. e. aliter. subaudiendum 'egisse.' sed sermonem de pecunia non audebat Henno adimplere ingrediente uxore, ne furtum suspic[ar]etur.

226 *emporio*] locus pro tempore, sicut contra 'nundinae' quod est temporis pro loco emporii saepe ponitur. est autem emporium graecum vocabulum a latinis usucaptum et significat locum certum mercimoniorum, vult autem dicere 'ad proximum diem commerciorum huius loci.'

227 *Ioves*] i. e. dii.

228 *usque*] i. e. perpetuo.

229—236] A vaticinio Alcabicii chorus occasionem sumpsit ut etiam poetas laudet qui et vates dicuntur et prophetae et sacri, quoniam sunt Musarum sacerdotes et ministri Apollinis.

ACTVS TERTIVS.

230 *veneant*] i. e. vendantur.

quam plurimi] Huiuscemodi verba cum ablativo seu etiam genitivo iunguntur et quidem elegantius cum genitivo ut 'pluris vendo.'

traham] Traha est genus vehiculi a trahendo.

---

1) Q. Asconius Pedianus (3—88 n. Chr.) Erklärer Ciceros und Vergils; erhalten sind geschichtliche Kommentare zu fünf Reden Ciceros. Teuffel, Gesch. d. röm. Litt. S. 664.

2) Laur. Valla, De elegantia linguae latinae libri sex. Romae 1471.

240 *venum*] i. e. venale vel vendendum, et scribitur diphthongo ae.

243 *suffarcinate*] i. o. in vestes complicatas insinuate.

247 *mecum*] 'proficiscere' subaudiendum est.

251 *nullum*] i. e. non. Terentius: nullus sum Geta.[1]

267 *pernego*] subaudi 'accepisse.'

270 *trilittere*] i. e. fur. Plautus: trium litterarum homo,[2] fur tri-furcifer.

278 — 295] Propter quosdam sophisticos theologos ct rudes cir-culatores, qui poetas et studium Musarum profusa bile oderunt, iterum hic chorus poeticas artes laudat et adver-sarios carpit. rumpantur ut ilia Codro.[3]

294 *Thersita*] Thersites obloquutor Agamemnonis. *Zoilus*] osor Homeri et mastix.

ACTVS QVARTVS.

296 *admodum*] pro valde.

308 *quid*] i. e. aliquid ab urbe debui referre. noluit dicere pau-num quem iam vendiderat.

324 *nomencalator*] a vocandis nominibus. nam χαλῶ idem est quod voco. et dicitur etiam nomenclator per syncopam. abundat autem 'nominum' per pleonasmum.

332 *Curate*] Hic et in multis huius comoediae locis poeta no-strae aetatis sermone uti studuit propter auditores quibus oratio priscorum videtur absurda.

341 *refert*] subaudi 'mea'.

344 *decisorium*] i. e. iuramentum quod imponit finem liti et defertur sive refertur.

     calumniam] subaudi 'vitandam'. et sequuntur quinque capi-tula iuramenti calumniao iurisconsultis nota.

354 *valeat*] i. e. pereat. in peiorem accipitur hic partem.

---

1) Phormio II, 2, 1.

2) Aulul. IV, 4, 6.

3) Verg. Ecl. 7, 26.

356—373] Hortatur chorus animum quietis appetentem absti-
nere a tribunalibus et praetoriis iudicis.

358 *In atrio*] in campo Elysio ut apud Virgilium vi Aeneidos.

ACTVS QVINTVS.

374 *Rhamnusia*] ab Euboico urbe dicta, ubi Fortuna maxime
colebatur.

380 *proferas*] i. e. prodas in publicum. nam puniuntur tales
advocati qui litis quotam partem paciscuntur.

382 *mihi stipulatus*] i. e. a me interrogatus es, hoc est: minus
certa parte mihi promisisti.

391 *istuc*] i. e. ad tribunal revertendum mihi est.

392 *versipellem*] i. e. dolosum.

393 *merito*] scilicet de te bene merito.

396 *aliter*] i. e. sin aliter feceris, hoc est: si non solveris.
senseris] i. e. senties.

400 *rumusculus*] diminutivum a rumore.

409 *Abram*] Abra nomen filiae proprium.

410 *combinare*] pro coniungere.

416 *Negligo*] i. e. posthabeo maerorom de crumena.
si vivat] pro eo quod dicere voluit: si fuero voti compos
de Dromonis et filiae coniugio.

417 *Sine*] i. e. permitte.
ubi] i. e. postquam.

420 *Excandeo*] succenseo, irascor.

421 *futilem*] Futilis homo qui imprudenter et mendaciter lo-
quitur.

423 *impingitur*] Impingo i. e. attribuo et quasi inuro.

431 *ipsi*] adversarii.

432 *liber sententia*] i. e. liberatus per sententiam.

440 *Vis ergo*] Num illum desideras tecum reconciliari?

449 *usurarius*] i. e. fenerator.

452 *quotam*] partem aliquotam quia dimidium stipulatus est.

453 *Antistrephonte*] antistrephonta prisci argumenta dixere conversiva, quae scilicet conversa in adversarium retorquerentur, ut est apud A. Gellium.[1]

455 *cuius*] scilicet ego ipse cuius etc.

456 *aureos*] dolo adeptos et eos quidem tam emptione retentos quam venditione acquisitos.

467 *acviternitas*] i. e. longa duratio laboris quo substantiam rei familiaris auximus, hoc est: omnium bonorum nostrorum filiam nostram heredem tecum constituimus.

---

1) Noctes Atticae V, 10, 3.

II.

IOANNIS REVCHLIN PHORCENSIS

SERGIVS

VEL

CAPITIS CAPVT.

PERSONAE.

Prologvs
Helvo
Salax
Aristophorvs
Lixa
Bvttvbatta
Pharisevs
Epilogvs.

PROLOGVS.

Si unquam tulistis ad iocum vestros pedes
Aut si rei aures praebuistis ludicrae,
In hac novi obsecro poetae fabula
Dignemini esse attentiores quam antea.
5   Non hic erit lasciviae aut libidini
Merctriciae aut tristi senum curae locus,
Sed histriouum exercitus et scommata.
Nam Buttubatta repperisse creditur
Calvariam cuiusdam anilis Sergii
10   Qui erat Mahometi magister primitus.
Quo Sergius fit nomen huic comoediae.
Fatetur ipse scriptor antiquis secus
Fuisse consuetudinem simul et novis,
Quod scripserint illi trimetro et tetrametro.
15   At hi soluta oratione licentius.
Ambobus excessit via nuperrimus
Hic ille noster, namque in omnibus unico
Genere usus est, quod paucitas facit actuum
Brevitate temporis coacta februi:
20   Nunc vos petit favere ineptitudini.
Si senserit placuisse primitias suas,
Faciet deinde integras comoedias.

ACTVS PRIMVS.

HELVO.

Cum me et meos contemplor a natalibus,
Patrem, patrimum, proavos, tritavos, avos,
25 Abavos itemque atavos omnem hancque germinis
Congerminationem et hunc nostrae domus
Splendorem abusque maxumis patruis meis,
Grates habendum mihi duabus est deis
Iunoni et eius asseclae primiperae
30 Lucinae, ob id quod ea parentela satus,
Quae sit notatissimaque famosissimaque,
Ex heluonibus heluo haud spurius siem.
Equidem patritos imitor mores: bibo,
Rebibo, voro, devoro, quod omnes assolent
35 Cognomines nati meis maioribus,
Plus tamen ego ipse caeteris ingurgito
Et heluor, quare Heluo est nomen mihi.
Vbi quid est vini, si eius copia est,
Haud cesso, quousque totus est gurgulio
40 Praegnans ab imo et trans gulam; sin paucitas,
Vel lambo vel lingo, dum odor sagax olet,
At non (ut est plerisque mos) in abditis
Et solitariis locis aut specubus
Aut clam viris penitissimo in quodam penu,
45 (Hoc indecorum hominique detestabile est)
Sed cum bonis natabus ac sodalibus
Consimilibus mei atque idem gnathonibus
Vt ego sum, eo hic quaero meos contribules
Parasiticos, praedonicam artem qui colunt

---

50 Offarum et amphorarum, ubi est merax merum.
Qui aliquando delinitioribus iocis
Mentes furantur atque sensus hominum,
Vt reliquias unctae patellae et canthari
Vvida lacunaria superstitis meri
55 Quadrasque mensarum et pia stipendia
Nostris inanibus gulis et ventribus
Repensitent, non quasi mendicabulum,
(Hoc enim esset infamia meis maioribus)
Sed ludicrae artis praemium et mercedulam.
60 Iam nunc quidem hora ipsa et stata et certa imminet,
Qua flagriones hi, infimatis ille grex,
In aliquod usque contubernium ruant
Aut ad forum populo strepant proverbia.
Corripiendum illuc mihi est maturrime,
65 Nam illis voluptas maxima est, praesentia
Frui mea in ludis, iocis et risibus.
Scio quod actutum misellioribus
Sunt inedia miselliores et fame,
Quaerunt ubi commodius sit faucibus,
70 Vbi estur et bibitur.   Sed eccos commodum,
Eccos prope in medio fori: congeminant,
Coitur, accurritur, habent quid ludicrum.
Quin ego citatiore gressu propero
Et curro nunc etiam, probe ut videam quoque.

SALAX. HELVO. BVTTVBATTA. ARISTOPHORVS. LIXA.

75 SA. Heus tu tribune noster advola.   HE. O Salax,
Rerum quid est? ut tu tumultuanter hic?
SA. Nescio quid istinc Buttubatta fert boni.
Curritur ad hunc ceu si exiisset Indiam
Ferens avem phoenicem.   Bv. Adeste ehodum ehodum,

---

68 Miselliores sunt inedia et fame   69 Querent   70 commodo
79 Ehodum ehodum adesto

80 Adeste principes furum, histrionum item
     Et ludionum et lusionum et verberonum.
     Adeste mercurialiter non plumbei
     Sed plumei, pedibus volucribus. Scio,
     Mirum in modum admirabilem ac vobis quidem
85 Ignobilem rem insinuo hic intra meum
     Sinum. AR. Paras anteloquium et rhetoricum
     Et admodum forense, Buttubatta, nam hac
     Concinnitate orationis nemo homo
     Ne Gorgias neque Zeno nec Protagoras
90 Te vincet aeque arbitror, at exhibe, quid est?
     Bv. Exhibeam? enimvero nec exhibebitur.
     Li. Tu vero exhibe. He. Exhibe. Sa. Exhibe modo.
     Bv. Vim, vim, triumviri, triumviri. Heus ohe
     Appello iudicis tribunal. Laeditis.
95 Li. Dabis. Sa. Tenes? Bv. Cessate furciferi fures.
     Sa. Tenes? Li. Statim. AR. Tenes? Bv. Scelesti sacrilogi,
     O parricidae, matricidae, neutiquam
     Prehenditis vel hoc die. He. Trahe, corripe.
     Bv. Hodie o rapax nequis id a me avellere.
100 Li. Conemur omnibus modis enixim omnes.
     Bv. Heu paenula et bardocucullus interit.
     Rumpunt sinum misero mihi. Li. Dato. Bv. Non dabo.
     He. Permittito ut nos leniter queamus id,
     Quodcumque rerum est, quod sinu occulte geris,
105 Aspicere et ultro reddere, obsecro. Bv. Iubes
     Fidem? He. Fideiubeo. Bv. Statim reddi? He. Statim.
     Bv. Sane modo fiet, modo manum exigat
     Lixa, metuo iugulum ne anhelitus opprimat.
     Li. Sic sta. AR. Fugam capessit. He. Interdum manet.
110 Sa. Mane fugax. Bv. Non edepol, si libere
     Meme sinatis, fugio. Li. Currite heus perniciter
     Quisque optimus, plicate cincinnis manus.

---

85 insinuo ibi hic   93 o fures *st.* heus ohe   96 celesti

Sycophanta magnitato perfidiae extimac,
Num iam redis?   Bv. Sic antevortebant viam
115 Isti appetones, ut ne mus croderet.
Li. Ligate furcifero manus simul et pedes.
Bv. Ne, amice Lixa caeterique complices,
Vincite vestrum amoenum et aptum bibesium
Atque popinonem egregium ac aridum aemulum.
120 Ar. O palpo, nemo blandior palpator est.
Sa. O blandicella verba.   Li. Pro deum fidem,
O singuli vos flocciores vellere,
Deinde leviores pumice, nt non compedes
Sive manicas huic adhibentis ferreas.
125 Bv. Ble.   Sa. Mussitas?   Bv. Ble.   Ar. Blateras?   Bv. Ble.
Li. Balitas?

Bv. Quidni? cum ovis sim, lanam ita decorpitis
Mihi et caput pilatis, hinc cohibete vos.
Li. Quare, scelus, mendacibus verbis tuos
Fidos sodales ludis et contemptui
130 Habes?   Sa. Dein, quare tenes suspendio
Animos sodalitatis?   He. An te non pudet
Celare quod promiseras ostendere?
Ar. Non te piget mendacii tam varii?
Li. At numquid autumas asellos esse nos?
135 Sa. Anne cuculos nos esse cocytosvo ais?
He. Quid? nos gracillare est opinio tua
Gallinae instar? sive cucurire sic,
Vt galli assolent incpte? nos viri
Etiam sumus, quos spernier vitio damus.
140 Ar. Immo viri, non feminae.   Bv. Porcos, sucs,
Scrofas graves vos iudico per Herculem.
Numquam edepol homines suatim grunniunt.

---

118 aptum ganeonem   119 popionem   122 floctiores   137 instar
aut iam cucurrire sic   130 quos vicio sperni damus   141 ludico
per Herculem

La. Et tu haud homo es, sed monstrum abortivum, nimis
Sceleste et impudice leno trifurcifer.

145 Sa. Bustirape, verbero fugax fugitiveque.
He. Socifraude flagrio, nequam nequissime.
Ar. Nihil respondes? digno qui crucium feras.
Bv. Etiam perorastisne tandem, inania
Omnis boni mancipia, blasphemi nequam?

150 Vel sic putastis hoc iocale de sinu
Meo exterebrari potesse? Aliter fuit
Agendum apud malignum et infamem virum,
Qui unllam honoris aut probri rationem habet.
Frugi homo veretur opprobrari et obloqui

155 Famamque denigrari obitam iniuriis.
Contra infimatis quilibet sycophantulus
Laudes et opprobria invicem iuxta aestimat.
Maledicta haec benedictiones arbitror.
Quod si velitis bellum hoc et lepidum.. He. Quid est?

160 Ai. Sa. Quid est? modo dico 'pax'. La. Agedum quid est?
Ar. Sinite cloqui quod deglutator cooperat.
Bv. Quod si velitis pulchrum hoc et lepidum simul
Iocale, quod dudum sinu insinuaveram,
Oculis videre ac digitulis contingere,

165 Non verbera, at verba opus erunt mellaria,
Rogationes, supplicatio frequens
Exosculatioque, item hymnus et preces.
Sa. Holio deus larvalis iste gnuco
Gurgustio utetur pro aede mehercule,

170 Vult supplicari sibi quasi cuidam deo.
Bv. Quid tum Salax, ubi histrionum sim deus?
Nonne histrionica arte plus praepolleo
Prae caeteris, quos nunc sciam, iocularibus?
Sed supplicate vos brevi, est paucis opus,

175 Nam id quod fero dignum est pio supplicio.

147 digna   152 aput   154 opprobari   155 iniuriis   156 infirmatis

Ar. Tibine an iocalibus rogo litabimus?
Bv. Vtrique, nam quod gesto dicitur sacrum.
He. Ostende, monstra, societas una expetit.
Bv. At fiat. Ecce, accipite quaeso vasculum.
180 Sa. Vis dicere hanc larvam? Bv. Di te larvent,
Quid larvam? eris larvatior manendeis,
Si pergis hoc loqui modo, heus mutito.
He. Papae. Cadaver tanti hoc testaceum,
Lutosum et argillosum et horridulum caput.
185 Formido formam et ossa mortui horreo.
Bv. Quam delicatus hic formosulus puer!
Num tu os times apelle seu demortuum?
Os extimescas, si sapis, trilinguidum
Et vividum et pilax. Li. Homo hic ex stercore
190 Vbi volet facit aurum, habenda est gratia.
Bene statur! praestigio hoc salvi erimus.
Nam Buttubatta, dum famelica est lues,
Hoc arido osse praestito mendiciter
Laboriosos agricolas commoveris,
195 Vt quisque ductus religione obolum offerat.
Quaecunque anus, quicunque sunt silicernii,
Vetuli, veternosi, cibarium dabunt,
Exosculabuntur sacrum (ut tu fers) os hoc.
Finges quoque et divinitatem aliquantulam
200 Peccata contemplatione piaculi
Remittere, indulgere ita reatibus,
Defendere a Plutonio illos tartaro.
O mentis humanae furem! Bv. Quid clamitas?
Ecquid latras? aut quid rabis, rauce rabula?
205 Annon mihi recte licet, quod est frequens,
Triviale, tritum et usucaptum aedilibus?
Sa. Quicquid hoc ais, os impudicatum geris
Et faeculentum et obsitum musco et luto.

———

181 Quid larva?   189 trilinguidum   198 Exosculabuntur

    Ar. Papae quid est?   He. Testus ubi lumbricos coquas,
210 Seu humana testa, vermibus gurgustium.
    Li. Testudo nempe et bustuarium est caput.
    He. Foetct grave.   Sa. Male putet ac foedius olet.
    Ar. Lavato saltem et pone subter imbricem
    Cavum hunc ubi pluit, aut ahenum tollito
215 Aquae calentis plenum, eo pollincias,
    Pollinctor ut solet cadavera munditer.
    Bv. Quid? si lavabo et largiter pollinxero,
    Num vultis ungento ut perungam exotico,
    Vt cinnami atque opobalsami unguine fumiget?
220 Immo quidem mavelim ut oletum naribus
    Crispantibus vestris oblatum oleat prius,
    Vos rusticis parentibus nati fures.
    Li. Etiam est opus lusorium, unda si laves,
    Nam tum quid est?   Bv. Volo ergo pelluere in labro,
225 Vt faciam et istis cruoiferis hodie satis.
    Ehodum quis it mecum ministerio comes?
    Sa. At quem iubes?   Bv. Venite Aristophoro et Salax,
    Nam caeteri opperiantur hic nos affore
    Brevi et cito.   Li. Nos philosophabimur inter haec.
230 Bv. Fiat, sed heus cavetedum, ne quid nimis.

ACTVS SECVNDVS.

PHARISEVS. HELVO. LIXA.

    Ph. Quid est quod isti lotum eunt rabulae nequam,
    Qui cuncta quae loquuntur obligant metro
    Et versibus suos poetantur iocos?
    Heus vos, quid est quod efferunt gremio foras?
235 He. Quid te attinet? vix ipsi hoc ipsum scibimus.
    Fors larva scenis apta fiet ludicris,
    Vbi lavabitur, aut erit quoddam organum.

    213 lavato   215 pollinceas   230 Fiat heus   231 der Phari-
seus heifst in der ed. princ. Sacerdos

Ph. Qualo organum? vultisne versus fistulis
Stridoro an ex persona eapeo quam lavit
240 Turpes poetao persouare versibus
Nugas leves, votitas et illeges libris?
Li. Hypocrita et nulli valoris aemulo,
Ausis poetarum sacrata munera
Temere profauare impio ore isto tuo.
245 Anas oloto lactu fit, pullastra edit
Exsputa spurca, anser cloaca pascitur,
Foricas sues, porci latrinas eruunt.
Tu asinini onagri pullus auritus luto
Cucuo que guades, belua indoctissima,
250 Decesque nos poematum sacra spernere,
Quod ea esse dicas exsecrata de libris.
Cuius libris? Num vox dei Terentium
Sprevit? ne ad stimulum (inquientis) calcitres.
Paulus Menandrum, Aratum, Epimenidem invocat
255 Testes, prophetas atque veri conscios.
Rerum omnium poesis est exordium
Et ante caelum et ante munduum prae omnibus,
Quod Moyses vates tuus tibi suggerit,
Qui et ipse lusit versibus poeticis.
260 Sapiunt poetae doctioribus viris.
Tibi fabulino, barbaro, indoctissimo,
Fumatico, fatuo, videntur sordidi.
'Asellus ad lyram' vetus proverbium.
Sed si modo per tempus et negotium
265 Mihi liceret et vacaret, bella,
Ostenderem recte tibi qui vir sies.
At introrumpunt consodales, audio.
Ph. Abeo domum dictis ouustus pessimis.

---

238 Quod organum   244 Tuo hoc inopto ore prophauare, furun-
culo?   247 Porci latrinas et foricas eruunt   253 Sprevit: ne ad-
vorsus stimulum recalcitres   254 Epinienidē

Li. Nunc, Heluo, quantum esset in rem tute scis,
270 Vt huic cavillatorium os contunderes.
He. Sequar virum, si mutiat, pugnos edet.

ACTVS TERTIVS.

BVTTVBATTA. SALAX. LIXA. ARISTOPHORVS.

Bv. Di vos, edones, combibones comici,
Perdant omnes. Li. Heus, te volo. Bv. Quid, Lixa, vis?
Li. Di ut te perire in rem velint vel non bonam.
275 Bv. In rem malam vis dicere. Li. Immo pessimum.
Bv. Melius meatim te ominari peruelim.
Tu quod tuli vide, tene, considera.
Num bellule ac lepide nitet post balneum?
Ne ego miser, quem oporteat tam vilibus
280 Mancipiis gestare morem et pendulis,
Suspensili turbae raponum, immo furum.
Tibi in manu est, agedum colendum praebeas.
Iam circulatim exosculentur hoc sacrum.
Ar. Demortui lenonis esse cranium
285 Videtur exsecrabile, ad furcas age.
Vbi repporisti hanc mortuam calvariam?
Bv. In craniario inter ossa putrida,
Vbi cubant tam divites quam pauperes.
Caput omnium mortalium dignissimum.
290 Li. Quo? nam potest vel tartaro vel fulmine
Dignum esse, scirpo huic nodus est, obscura sunt
Quae ais: respondo, quid facis calvariam hanc?
Bv. Caput omnium mortalium dignissimum,
Cui supplicetur, hoc gerenda consulit,
295 Et quicquid est quod consulit, princeps facit,
Omnis potestas huius in manu est sita.
Sa. Manes habere potest, at haud manus habet,

---

272 Dy   277 consydora

Ni sit lemuriun quod ungues occulit,
Quod quaquo noctium quietos torritat
300 Et unguibus vultu cicatrices notat,
Immano terriculamen et manes truces.
Bv. Sine me tibi sodes recensero probe,
Quid prosit et quid obsit haec calvaria,
Vel haec quid omnino sit, unde venerit,
305 Quo tendat et quorsum brevi venturn sit.
Au. Taceamus, usquam nil volo appetentius.
Bv. Videtis hanc calvam recalvastram cavam
Et osseam ac testaceam, prodest modis
Tribus: creat numerum, dat umbram et loca replet.
310 Sa. Garrire, Buttubatta nostor, visus es
Dialecticum hoc sophisma, ut illudas tuis.
Non cernitis quomodo suum os hic carnifex
Distorserat mox in loquendo fabulam?
Au. Ah dic. Bv. Rogas? Li. Ah dic, precamur. Sa. Dic modo.
315 Bv. Videtis hanc calvitiam vel hoc caput,
Quod cuncta nutu, numine et voto suo
Regnat, regit, mandat inbetque et praecipit
Nolentibus, volentibus, simul mulieis
Et incolis et accolis et proximis
320 Et intimis et extimis, contra deum
Contraque fas vertit, revertit omnia
Et pro deo pro fasque rursus, si volet?
Au. Hoc vacuum, hoc illepidum, hoc putre ac vanum caput?
Bv. Immo hoc potens, gratum, placens, laudabile,
325 Quod principem regit trahitque quo cupit,
Creat magistratus, repellit domuo,
Veterem exauctorat senatum et consules,
Novum senatum et consules succenturiat,

304 Vel hoc   306 Taceamus   appetitius *libri*   323 Hoc vacuum,
illepidum, putre ac vanum caput   327 Veterem senatum et patricios
exauctorat   328 patricios et. consules   succenturat *libri*

Reique publicae rescriptuarios
330 Alternitato muneris premit, lovat,
Negotiatur universa principis
Sino principe et consilia dat sino consule
Do ciusmodi solo suomet capitulo.
Quod cernitis quam illustre, quam ogrogium eminet.
335 Concludit autem principem triclinio,
No possit esse accessus ullis absquo sc,
Logationes ante mulgens concutit,
Quam principis frui queant praescntia,
Edicta et interdicta, iura, oracula,
340 Leges profanis atque sacris dictitat.
Obcdiunt caelestia et terrestria
Capitello huic, quianam sublimat et infimat,
Dopanperatque et divitat; qumo vult facit,
Quae vult iubet, quae vult votat, capitis caput.
345 Ar. An vera praedicas? rogo to sorio.
Bv. Quin vera. Sa. Vera? Bv. Verius verissimo.
Sa. Hei mira sors istimodi calvariae.
Bv. Quin basiate liguriones hoc caput.
Sa. Quare? Bv. Quia ipsis capito ploxis est caput
350 Et omnibus furunculis infamibus,
Epulonibus, mandonibus, mansuciis,
Cui quot usquam sunt virorum mollium
Ac molliorum feminis nunc supplicant,
Quod in sacris et in profanis aedibus
355 Quasi sit deus colunt, adorant, praedicant.
Ludos, iocos, forias, honores statuunt,
Mandat, probant, remandat, illi idem probant.
Condemnat et dat gratium, vexat bonos,
Amat malos, ut quisquo furcifer fiat.
360 Proscriptus ob crimen, caput capital capit

337 Legationes anto mungit et librat   357 remandat, iidem re-
probant   359 fuit

Sou factionis factiosao industriam
Latrunculandi animo cum eo paciscitur.
Accedito huc lenocinatores viri:
Caput hoc pudicos nunquam amavit coniuges.
365 Accedito huc adulterantes feminae:
Calvaria ista prostitutas diligit.
Accedat huc et virginum venumdator:
Saepe hoc caput devirginavit virgines.
Ar. Vndo ergo adest? Bv. Ex Arabia. Ar. Nomen quod est?
370 Bv. Sergius, an ignoratis illum Sergium?
Li. Grammaticum oundom qui latina perdocet?
Bv. Nequaquam, at illum apostatam atque Persicum,
Qui no latino nevo graece doctus est
Et insolenter aspernatus litteras,
375 Moniosthenis reprobi ducis meritorium.
Li. Quomodo igitur monachus fuit? Bv. Blatero fuit
Dicaxque multiloquusque vir sophisticus,
Nil dixit, at locutus est audaculus,
Temerarius, versutus, insolens, loquax.
380 Ast quando religio suam nequiverat
Amentiam ultra ferre, correctus fuit
A fratribus patribusque more regulno
Vt par fuit, quod non tulit bene Sergius,
Curans quo abire posset e monasterio.
385 Erupit, evasit, retro cessit fugax,
Quaerendo qui moris sui compar foret.
Quid multa? repperit sui similem lutro,
Potentiorem se tamen, tui ut queat
Tanquam doum tutunum et afferentom opem,
390 Nomine Mahometum, Cyrenacum genus,
Quem patria graece vocat Moniosthenem.

---

363 Accedito ergo   365 Accedito huc adulterinç fçminç   368 vir-
ginem   371 latiuo   374 hs. Zusatz   375 fehlt   379 loquax   384 Stu-
dens st. Curans   388 Tamen potentiorem co ut tui queat   391 fehlt

Deinde amiculum reiecit et scapularia,
Sed et cucullum oumemque adornatum ordinis,
Constantiam et probitatem et integram fidem.
395 Atquo ut brevi sermone plurima explicem,
Monachus qui erat, mox factus est apostata,
Fratrum suorum persecutor maximus.
Quotiesque victus vinculis iniectus est,
Toties Mahometus receptum liberat
400 Vel blandiendo vel minando fratribus.
Idem Mahometus Damascum primitus
Vbi obtinebat et Syros et Arabas,
Turgebat hoc caput in gravem superbiam
Lanigero equo et volucri caballo insidens
405 Cum quattuor coequestribus dromonibus.
Si oraro coram plebe vel patriciis
Constituerat, sesquipeda verba ruminans,
Pontificio redimiculo comptissimo
Trabeatus in veste augurali apparuit.
410 Sed me dies deficiet ortus hic recens,
Si res velim gestas ad unguem exponere,
Quo fastu et impetu sit usus initio,
Quibusque tunc et nunc minis et perpetua,
Nam saeviebat, ut assolent apostatae.
415 Sı. Per pol et edepol et Herculem et camem
De hoc tu quidem memoriosiora quam antea
De quaque re unquam audiverim, modo explicas.
Bv. Nondum omnia: primum omnium fetialiter
Fraterculis bellum horridum indixit suis,
420 Moniosthcno fretus duce, proinde et sacris
Victum sacerdotibus adomit annuum —

---

402 arrabas   407 sesquipedia   409 Trabeatus augurali veste
apparuit   412 vastu   414 solent st. assolent   415 et Herculem
et fidimu   416 memoriosiora *libri*   417 modo fehlt   418 omnium
fraterculis   419 Fecialiter bellum indicasse dicitur   420 Fretus Ma-
hometo suo posthac sacris

Consuovit appellare praebendus sacrus
Vulgus — renuntiavit illo apostata
Sub uomine illius Mahometi viris
425 Bonis, sacris presbyteris praebendulus
Dimittere et ieiunio mortem mori.
Sic omnibus facit probis caput hoc viris.
Sed ganeonibus et ligurionibus
Pater et protector est caput hoc prae omnibus.
430 An. O amabile hoc caput. Bv. Osculari desinis?
An. Exosculor, quia leno sum. Salve caput.
O caput omnis lasciviae, caput levo,
Cavum caput, sine spiritu, sine lumine,
Salve caput, praesidium et heluonibus,
435 Glutonibus, gulonibus, nihili viris.
Et dulce scurrarum decus, salve caput.
Bv. Vt autem aperte cuique vera praedicam,
Caput hoc inane, quod videtis planiter,
Est tale, quod loculos suos plenos facit.
440 Nec dat, sed accipit semper, nec unde sit
Quuerit, sed an sit qui det et det largiter.
Vos autem edaces et famelicos fures
Novi, nihil ludatis usquam a quo nihil
Rerum dari potestur ut fruamini.
445 Deinde amat quoque neminem nisi apostatam
Similem sui vel qui Mahometista sit
Professione aut genere Phryx aut Persicus
Aut Medus aut Damascus aut Syrus aut Arabs,
Nam illos domat, regit, gubernat, involat,
450 His alcorunum fecit et legem tulit,
Qua Saraceni utuntur et Turci truces.
Sic dictu et actu vult omnes apostatis
Fieri pares, tegere ut queat suum scelus.

---

437 cuiquam 440 semper accipit 446 Mahometista 447 phyx
450 legem dedit 451 Sarraceni

An. Heu paenitet quod osculatus sim hoc caput,

455 Nam scire debui, cavum quod nil habet.

Quare nihil praestare quit sodalibus.

Sa. Et me pari maerore paenitet quoque

Et hoc quidem de Buttubatta aegre fero,

Qui spem bonam calvariae nobis dedit.

460 Li. Similique ego resipisco paenitudine,

Quare mihi palinodia est canenda iam.

Di te caput vacuum atque inane perduant,

Et fulgur et fulmen superne concremet

Et quicquid inferis mali est dispulveret.

465 Sa. Nix, ignes, effrenes procellae et grandines,

Venti maligni et motiones terreae,

Fames, sitis, curae graves, inediae,

Febres et ulcera atque pestilentitas,

Morbus caducus, si qua sint et caetera

470 Mortalibus nocitura, vexent te, o caput.

An. Par ipse votum squalido capiti imprecor,

Quod inferis est terror, id te distrahat.

Terrae te hiatus glutiendo absorbeat.

Furiale bellum Cerberusque et Tartarus

475 Te in carcere atro, in Tulliano torqueant

Vivum atque adhuc vinctum catenis ferreis.

Et squalor, horror, aridus semper tremor,

Densum chaos et ater umbrarum chorus

Te cum Muhometo tuo dilanient,

480 Te strangulent, obstringilent, oblitterent.

Et culter et venenum et incantatio

Vitam tuam, quae est mors, acerbe finiant.

Bv. Factum bene est, calvuntur hae calvariae,

Quicumque spem locant in hanc calvam cavam.

485 Egi meum officium, sodales optumi.
Ludos leves meo cavillo callide
Vobis videntibus attuli. Id licuit mihi.

EPILOGVS.

Si quis cupit prudenter omne negotium
Gerere, ut rei privatae et id quod plus erit
490 Etiam rei communitatis publicae
Bene commodet, frugaliter cadat et quadret,
Is meminerit quae hac dicta sunt comoedia.
Cum capite vano nil agat, nil consulat,
Vbi nec est sapientia aut constans fides,
495 Praesertim ubi iam peieravit denuo,
Nam peius est unquam nihil periurio.
Nunc plaudite et valeto. Res acta est satis. [1]

---

1) In der ed. princ. finden sich vor dem Epilogus folgende Chorgesänge:

DEO GRATIAS
CHORVS CVM CHORAVLE.

Musis poetis et sacro	Musis poetis et sacro
Phoebo referto gratias.	Phoebo referte gratias.
Vates honor decet suus,	Caelum subornat circulus,
Quos musica proportio	In quo regirant zodia;
Aequare vult caelestibus	Vatem coronat caelibus
Dulcissimo convivio.	Semper virescens laurea.
Musis poetis et sacro	Musis poetis et sacro
Phoebo referte gratias,	Phoebo referto gratias.
Vnde fluit iocunditas	Virtus viget perenniter
Intra poetae carmina	Et nominis memoria,
Et sensuum profunditas	Poeta si concinniter
Et versuum solamina.	Lyra canat sublimia.

486 Calumniam meo cavillo callide   487 intuli: hoc licuit mihi
490 rugi st. rei   493 nec consulat   495 peiuravit

Musis poetis et sacro
Phoebo referte gratias.
Odit reflexus sphaericos
Monstrosa subterranea,
Sic et supernis deditus
Profana spernit gaudia.

Musis poetis et sacro
Phoebo referte gratias.
Vis tu patero posteris
Nitique claro nomine,
Gaude viris poeticis
Libethrium spiramine.

Musis poetis et sacro
Phoebo referte gratias.
Apollinis lenimino
Sic sio eris vel comicis
Heroico vel carmine
Lyraevo dignus canticis.

ERSTER ABSCHNITT.
ALLGEMEINES.

Der tendenziöse Charakter des Sergius wurde schon frühzeitig erkannt. Der Bischof Johann von Dalberg, dem Reuchlin die Handschrift überreichte, wurde zwar durch das Lesen
des Stückes hoch erfreut, aber da er in der öffentlichen Aufführung desselben eine neue, seinem Schützlinge drohende Gefahr sah, so widerriet er die Aufführung. Denn leicht konnte
ein am Hofe des Kurfürsten Philipp lebender Franziskaner,[1]
der als Feind der humanistischen Richtung bekannt war, zu
dem Glauben veranlaßt werden, daß er selbst von Reuchlin
zur Zielscheibe seines Witzes ausersehen sei, und deshalb einen
Racheversuch unternehmen, der für Reuchlin von sehr nach-
teiligen Folgen werden könnte, zumal da die Stellung des Fran-
ziskauers eine sehr einflußreiche war. Infolgedessen gab Reuchlin den Wunsch, den Sergius zur Aufführung gelangen zu
lassen, auf.

---

1) Melanchthon nennt ihn in seiner *Declamatio de Capnione Phorcensi (1552) Castellus, propter potentiam et malas artes inrisus
nobilibus et sapientibus viris in aula.*

Die einzelnen Beziehungen zu Holzinger, den Reuchlin in seiner durch und durch satirischen Komödie geifseln wollte, lassen sich leider nicht erkennen, da eine ausreichende Kenntnis der Quellen mangelt. Eine von Reuchlin etwa benutzte Vorlage ist nicht bekannt, so dafs der Sergius den Vorzug der Ursprünglichkeit geniefst. Zudem ist diese Komödie als eins der bedeutendsten litterarischen Erzeugnisse zu betrachten, welche die der Reformation vorangehende Zeit in so reicher Fülle hervorbrachte, und mit Recht durfte daher Hutten von dem Verfasser rühmen, dafs er zuerst unter Deutschlands Dichtern trotz des Verbotes (Dalbergs) nach komischen Schriften die Hand zu strecken gewagt habe:

Inter Germanos ad comica scripta poetas
Primum ausus retitas explicuisse manus.[1]

Wenn auch der scenische Aufbau des dreiaktigen, in jambischen Trimetern verfafsten Stückes in Vergleich zu dem anderen Reuchlinschen Stücke ein dürftiger ist, so ersetzt doch der Inhalt diesen Mangel in reichlichem Mafse. Bei aller Einfachheit des Sujets zeigt sich eine Fülle geistvollen, sprudelnden Witzes nicht nur in der ganzen Anlage des kleinen Spieles, sondern auch in den einzelnen Teilen desselben. Wir rechnen dahin besonders die Verteidigung des Wertes der Dichtkunst gegen die Angriffe des Pharisäers, die Verhöhnung der schmarotzerischen Mönche, besonders des meineidigen und treulosen Sergius, sowie die Verspottung des frechen Reliquienkrames. Die auf Holzinger zielenden Stellen dürften folgende sein: 427—429, 432—436, 438—441, 445. 446, 452. 453. — Die zweite Bezeichnung der Komödie '*Capitis caput*' ist aus v. 344 herzuleiten, wo Sergius als ·das Haupt des Fürsten bezeichnet wird.

1) *Hutteni Querelae. II. 10. 233. 234.*

ZWEITER ABSCHNITT.

DIE FABEL DES STÜCKES.

Im Prologe bemerkt der Dichter zunächst, daſs er nicht
beabsichtige die Wollust zu feiern oder thörichte Alte zu ver-
spotten. Sodann giebt er kurz den Inhalt des Stückes an und
erklärt, daſs er wegen der Kürze der Zeit nur eine geringe
Zahl von Akten gewählt, daſs er aber, wenn seine erste Leistung auf dem dramatischen Gebiete gefallen habe, er noch
andere und zwar vollständige Komödien folgen lassen werde.

Akt I. Heluo, ein Schlemmer und Säufer, preist in län-
gerer Rede die Vorzüge seines Standes und die Genüsse, die
ihm sein Prasserleben bietet. Da sieht er seine Freunde Lixa,
Salax und Aristophorus im Gespräche mit einem Fremden da-
herkommen. Der Fremde, namens Buttubatta, verkündet mit
geheimnisvollen Worten, daſs er den Freunden etwas zeigen könne,
das ihre Verwunderung erregen würde. Wild stürmen jene
auf ihn ein mit der Bitte, ihnen das wunderbare Ding, das er
so geheimnisvoll versteckt halte, zu zeigen; aber der Fremde
weist ihr Anliegen zurück; erst als der Streit in ein gewalt-
thätiges Schlagen ausartet, versteht er sich dazu, ihre Bitte
zu erfüllen, aber unter der Bedingung, daſs sie ihn in beschei-
dener Weise darum bitten.[1] Nachdem die Freunde auf diese
Bedingung eingegangen, zeigt er ihnen einen unter seinem
Mantel verborgen gehaltenen schmutzigen, übelriechenden Kopf.
Als sie ihm raten, den Kopf als Heiligenkopf verehren und zu
diesem Zwecke zuvor reinigen und salben zu lassen, entfernt
er sich mit Aristophorus und Salax, während Lixa und Heluo
sich vornehmen inzwischen zu philosophieren.

---

1) Buttubatta stellt sich zuerst blödsinnig. Dreimal antwortet er
den drei Freunden auf ihre Fragen mussitas? blateras? balitas? mit
dem onomatopoetischen Ble, das in Reuchlins Henno eine so charakte-
ristische Rolle spielt.

Akt II. Lixa wird durch eine verletzende Äußerung des auftretenden Pharisäers über die mit dem Kopfe abziehenden Freunde veranlaßt, die Poesie gegen die unberechtigten Angriffe des Pharisäers zu verteidigen. Helио folgt dem letzteren, um ihm das verleumderische Maul zu stopfen.

Akt III. Buttubatta zeigt den Freunden den nunmehr gesäuberten Kopf und schildert ihnen die wunderbare Fähigkeit desselben alles zu thun, was man von ihm verlange. Er erhöhe und erniedrige, er mache arm und mache reich, er befehle und verbiete, was er wolle, er sei Capitis caput, der Beherrscher des fürstlichen Oberhauptes (d. i. Holzinger, der Beherrscher des Fürsten). Die Freunde küssen den Kopf, wie man die Reliquien der Heiligen aus Verehrung zu küssen pflegte, und als sie in Buttubatta dringen ihnen mitzuteilen, wem der Kopf gehört habe, eröffnet er ihnen, der Besitzer desselben, Sergius, sei während seines Lebens ein frecher Schwätzer und elender Wicht gewesen; aus dem Kloster wegen unsittlichen Lebenswandels entlassen, sei er zum Muhamedanismus übergetreten;[1] wieder zu Ansehen und Macht gelangt, habe er seine früheren Glaubensgenossen mit der größten Grausamkeit verfolgt und, ein Freund der Schlemmer und ein Feind der Frommen, habe er diejenigen mit seiner Gunst beglückt, die gleich ihm sich von der Religion ihrer Väter losgesagt hätten. Nunmehr geraten die Freunde beim Anblick des Schädels in Angst und Entsetzen, sie fluchen ihm und dem, der ihn trägt.

In den ältesten, ohne Angabe des Ortes und Jahres des Druckes erschienenen Ausgaben folgt jetzt ein Chorgesang, in welchem fast im Wortlaut des Chorgesanges des 3. Aktes des *Henno* das Lob der Dichtkunst gefeiert wird. Mit einem moralisierenden Epilog endet das Stück: Wo Weisheit und Tugend die Handlungen der Menschen leiten, da kehrt auch das Glück

---

1) Sergius, der Apostat, der Betrüger, soll dem Mahomet den Koran haben schreiben helfen.

ein und der Segen folgt den Thaten; wo aber Meineid und
Treubruch sich eingenistet, da ist nur Unglück und Unfriede
zu erhoffen.

DRITTER ABSCHNITT.

DIE LITTERARISCHE VERBREITUNG.

Während der *Henno* schon ein Jahr nach der Aufführung
durch den Druck veröffentlicht wurde, blieb der *Sergius* längere Zeit ungedruckt. Am 13. Januar 1500 schrieb Sebastian
Brant an Reuchlin, er sei begierig, des Freundes Komödie, in
der er einen grausamen Herrscher geschildert habe, kennen zu
lernen; ihre Zusendung habe ihm Leontorius[1] versprochen.[2]
Hieronymus Emser hielt im Wintersemester 1504 in Erfurt
unter grofsem Zudrange der Studierenden Vorlesungen über den
Sergius und rühmte sich später auch Luther unter seinen Zu-
hörern gehabt zu haben.[3]   Er legte dabei einen Text zu Grunde,

---

1) Über Konrad Leontorius, Cisterciensermönch in Maulbronn und
seit 1504 in Engelthal, s. Allg. deutsche Biogr. XVIII, 315. Geiger,
Reuchlins Briefwechsel, Stuttg. 1875, S. 22. Anm. 3. Einen Brief des
L. an Anthoni Koberger in Nürnberg, (Colmar, 4. Nov. 1503) bei Hase,
Die Koberger. Briefbuch Nr. 77.

2) Brant schreibt: '*Gratulor . . te patrios tandem iam repetisse
lares . . et inprimis quoniam ab illa aerumnosa te liberatum extra-
ctumque esse curiali molestia accepi, qua grarius libero praesertim
homini et more tuo philosophanti musarumque alumnis arbitror contingere posse nihil, sire quod perpeti minus sustinerem, praecipue
si cui τύραννος καὶ μωρὸς καὶ ἐκεῖνος ἔτι κακόζωος ἀρχιλγότῆς
contingeret, qualem tete aliquando expertum tua commonstrat comoedia, quam Leontorius noster mihi sese transmissurum pollicebatur,
sed nondum ridere merui.*' Zweifelhaft ist es, ob der *Sergius* gemeint
ist, wenn Reuchlin an Seb. Brant aus Baden am 3. Juni 1503 schreibt:
'*Oro ut vel unum diem apud me sis intra sextiduum . . et nostrum
Sergium tecum feras meo impendio.*' (Geiger, Vierteljahrszeitschrift
I, 117).

3) G. E. Waldau, Nachricht von Hieron. Emsers Leben u. Schriften. Anspach 1783. S. 8.

der wohl in demselben Jahre in Leipzig gedruckt war; es ist
dies sicherlich die erste Ausgabe des *Sergius*, der also erst
spät bekannt und vermutlich erst nach dem Tode des Wormser Bischofs Johann von Dalberg († 23. Juli 1503) zum ersten-
mal durch den Druck allgemein zugänglich wurde. Von da
ab scheint die Komödie häufig als Schullektüre benutzt worden
zu sein, besonders nachdem Georg Simler 1507 einen Kommentar hinzugefügt hatte, welchen ein Widmungsbrief an
Reuchlin begleitete.[1]

Georg Simler aus Wimpfen,[2] Rektor der lateinischen Schule
zu Pforzheim, wo er der Lehrer Melanchthons war, von 1511
an Professor der Rechte in Tübingen, hat durch seinen Kommentar auf die Verbreitung des *Sergius* in erheblicher Weise
gewirkt, so dafs in der Zeit von 1507—1513 vier Auflagen
nötig wurden. Leider ist Simlers Kommentar durchaus gram-
matischer Natur und liefert daher keinerlei Hinweise auf die
Tübinger Zustände oder auf das Verhältnis Reuchlins zu Holzinger. Nur an einer Stelle deutet Simler die Absicht an, in
welcher Reuchlin die Komödie geschrieben haben mag. Er
führt die bekannte Stelle Ciceros aus der Rede für den Roscius
aus Ameria (17, 47) an, in welcher von jeher die Aufgabe der
Dramatik erkannt worden ist: '*haec conficta arbitror esse a poetis, ut effictos nostros mores in alienis personis expressamque*

----

1) Es existieren zwei Textesrezensionen des *Sergius*: eine ältere
und eine jüngere. Von den vier ohne Angabe des Druckortes und des
Druckjahres erschienenen Ausgaben bieten zwei den älteren, zwei den
jüngeren, veränderten Text. Von 1507 an folgen sämtliche Ausgaben
der zweiten Rezension.

2) A. Horawitz, Analekten zur Gesch. des Humanismus in Schwaben (Sitzungsberichte der philos.-hist. Klasse der kais. Akad. d. Wiss.
in Wien, Bd. 86 [1877] S. 221). — Simlers griechische Grammatik
(Tüb. 1512) gilt für die erste in Deutschland erschienene. In Rücksicht auf sie nennt ihn Konrad Peutinger *virum ex Germanis nostris
nunquam satis laudatum*, und Joh. Kierher sagt: *incredibile est
quantum me delectarit Simler in grammatica tam faberrime collecta*
(Horawitz a. a. O. 66, 223).

imaginem vitae cotidianae videremus.' Dann fährt er fort: *'et huic nostro (Reuchlino) tale aliquid accidisse reor, cum verbum illud Cohelis incessanter recordaretur exclamantis "vae tibi terra, cuius rex est puer",* [1] *in hoc itaque animum intendisse opinor, ut principibus monitu suasuque sub presentis fabulae hypothesi salubriter consuleret, abstinendum a capitibus vanis, quibus Plato regnorum administrationem interdixit.'* Und im 3. Akte bemerkt er zu den Worten: *'Omnis potestas huius in manu est sita'* (v. 296) folgendes: *'Res est miserrima, omnem principis potestatem in manu esse stolidi capitis, ad hypothesim argumenti iunctissimus textus.'*

Seinem Lehrer — es ist der Ausdruck dankbarer Verehrung, denn eigentlichen Unterricht empfing Simler nicht von Reuchlin — widmet Simler an einer Stelle des Kommentars anerkennende Worte, indem er ihn als das Haupt und die Stütze der heilbringenden Weisheit *(caput et columen salutiferae sapientiae)* und mit Bezug auf sein *'liber de rudimentis hebraicis'* als den Phönix bezeichnet, der verjüngt aus der Asche erstiegen sei; an einer anderen Stelle, wo er die Bezeichnung *'grammaticus'* erklärt, rühmt er, dafs ihn Reuchlin in seinen Briefen oft so zu nennen pflege: *'quo nomine tu me indignum, dulcissime praeceptor, in epistulis tuis mellitis ambrosiam nardumque redolentibus saepicule appellitas.'* Einmal benutzt Simler die Gelegenheit, den Kaiser Maximilian zu feiern. Nachdem er aus Curtius und Seneca bewiesen, dafs die erste Tugend der Fürsten die Milde sein müsse, fährt er fort: *'Sic ille noster hodie Caesar Maximus Aemilianus, semper augustus, quem fortuna iactavit. diu terra marique, per graves belli vices, hostes vincit, opprimit submittitque incruenta manu nutuque facili moderatur habena. pacis auctor, generis humani arbiter electus, orbem specie sacra regit, patriae parens, quod nomen ut servet semper invictus acie domitorque gentium, expetunt cuncti, quos sacra commendat Roma concives.'*

---

1) Pred. Sal. 10, 16 Wehe dir Land, dessen König ein Kind ist.

Simlers pädagogische Wirksamkeit ist besonders durch seinen Schüler Melanchthon in das rechte Licht gestellt worden. Dieser hat ihm zeit seines Lebens die treuste Anhänglichkeit gewidmet. „Er nennt Simler einen ausgezeichneten Gelehrten, der ihm zuerst die griechischen und lateinischen Autoren erschlossen und ihn zu reiner Philosophie geführt. Bei Simler nahm Philippus mit einigen Genossen privatim Unterricht und gewann durch seine aufserordentlichen Fortschritte die Liebe des Lehrers in hohem Mafse. Als Simler nach Tübingen ging, folgte ihm der junge Melanchthon auch hierhin und hörte bei ihm Kollegia; nur mit grofsem Schmerze sah Simler seinen begabtesten Schüler von hier scheiden."[1] Noch im Jahre 1543 gedenkt bei Gelegenheit des Reformationsversuches des Erzbischofs Hermann von Köln Melanchthon seines Lehrers in einer Schrift, welche die Angriffe des Sekundärklerus in Köln zurückwies.[2] Freundliche Erinnerungen verbänden ihn mit Köln, sagt er in der Einleitung; gern erinnere er sich seiner zwei alten Lehrer, Georg Simler und Konrad Helvetius, die einst in Köln studierten; gern gedenke er seiner Freundschaft zu vielen andern ehemaligen Angehörigen der Kölner Hochschule, zu Busch, Mosellanus, Metzler.[3]

Auch Ulrich von Hutten war der *Sergius* bekannt; er schreibt mit Anspielung auf die Komödie an den Grafen Hermann von Nuenar (3. April 1518): '*Ut illud interim silentio transeam Bernense praedicatorum scelus ac in memoriam non revocem publicam orbis pestem Sergium monachum Mahometis alumnum, et reliqua sileam omnis generis mala etc.*'[4] Und auch in der

---

1) Horawitz a. a. O. S. 221.

2) *Responsio ad scriptum quorundam delectorum a clero secundario Coloniae Agrippinae. Francof. 1543.*

3) Varrentrapp, Hermann von Wied. Leipzig 1878. S. 160.

4) *Hutteni opera ed. Böcking I, 166.* Über das „Berner Vorbrechen" von 1509 vgl. Geiger, Renaissance und Humanismus. Berlin 1882. S. 307.

oben S. 127 angeführten Elegie erscheint Huttens Bekanntschaft mit dem *Sergius*.

In den Frühlingstagen der Reformation ward der *Sergius* ein Liebling der Humanisten, besonders der Leipziger. Die darin zum Ausdruck gebrachte Verspottung des Mönchtums und der Reliquienverehrung entsprach den Anschauungen der das kraftvolle Auftreten des Wittenberger Mönches begrüfsenden Leipziger Theologen. Andreas Althamer (Palaeosphyra),[1] später ein eifriger Lutheraner, befand sich i. J. 1520 auf der Universität Leipzig, wohin er sich von Tübingen aus begeben hatte. In diesem Jahre gab er Reuchlins *Sergius* heraus. Seine Ausgabe ist wichtig für die Geschichte der humanistischen Studien in Leipzig bei Beginn der reformatorischen Bewegung. Wir lernen aufser dem Herausgeber noch Johann Hornburg aus Rothenburg (Erythropolitanus) kennen, der die neue Ausgabe mit folgenden Versen einführt:

> *En iterum rediit docti Comedia satis*
> *Capnionis: nomen Sergius ipse dedit.*
> *Id facit Andreas, certissima gloria gentis*
> *Suerigenae, doctis charus in orbe viris.*

Dazu fügt Christoph Hegendorffer folgendes griechische Distichon:

> Ἔστι βροτῶν ὀυμπᾶσα τύπος κωμῳδία ζωῆς·
> Πρᾶγμα κρῖνε, φίλε παῖ, λεῖπε μικρὸν τ' ἔπεα.

Der Herausgeber schickt einen Widmungsbrief (Leipzig, den 29. Juni 1520) an D. Johann Pellion, Prediger zu Gundelfingen, voraus, in welchem er dem witzigen und geistvollen Erzeugnisse der Reuchlinschen Muse das verdiente Lob spendet. Reuchlin ist ihm '*vir ex asse peritissimus omnique litteraria disciplina absolutissimus.*' Zuletzt giebt Christoph Hegendorffer noch eine *Oda monocolos et in laudem comoediae Reuchlinianae et Andreae Palaeosphyrae amici vel primarii.*

> *Huc adsis puer, huc, huc iuvenis simul,*
> *Quem ludum dedit en Capnion inclytus.*

---

[1] Allg. deutsche Biographie I, 365. Er verfafste einen ausführlichen Kommentar zur *Germania* des *Tacitus* (Nürnb. 1520).

Evolves manibus, commodus est iocus
Verborum phaleris, candidus est iocus,
Et rebus pariter verbula concinunt.
Hic quis sis videas intus et in cute
Exemplar fragilis comicus hic iocus
Et vitae species formaque lucida.
Hunc rursum ex tenebris traxit in aera
Devotus studiis Andreas optimus,
Quum Phoebus medium tractus in aera
Terram urit, Cererem spiciferam coquit.
Quare adsis puer huc, huc iuvenis simul.

Es wird vermutet, dafs der *Sergius* dazu beigetragen habe, den Hafs gegen Reuchlin, wie er später in dem Streit mit den Kölner Theologen hervortrat, zu steigern; allein nirgends findet sich in den betreffenden Streitschriften eine Hindeutung auf die Komödie. Der Begründer der Geschichte der Philosophie in der Neuzeit, Jakob Brucker, äufsert sich über den *Sergius* folgendermafsen: „Diesem seinem Patron (Johann von Dalberg) zu gefallen, verfertigte er etliche Komödien, in deren einer er der Mönche Ignoranz und Dummheit gar satyrisch durchhechelte, und welche zwar auf Dalburgii Einrathen nicht aufgeführt, noch von Reuchlin edirt, aber doch nach der Zeit von jemand gemein gemachet worden, womit Reuchlinus in ein Wespennest gestochen und die *fratres ignorantiae* also aufgebracht hat, dafs sie hernach ihm mit der gröfsten Heftigkeit zu Leibe gegangen."[1]

Ein anderer Gelehrter, der schon erwähnte Professor Hegewisch, bemerkt, dafs die Komödie beweise, mit welcher Kühnheit man schon damals in Deutschland in gewissen Kreisen über Reliquienkram und andern Aberglauben gespottet habe. Aber damit man aus dieser Komödie keinen allzu vorteilhaften Schlufs auf das damalige Mafs der Aufklärung in Deutschland machen möge, so bemerkt er ausdrücklich, dafs Reuchlin diese Komödie

---

1) J. Brucker, Kurtze Fragen aus der philosophischen Historie. T. VI (Ulm 1735), S. 544.

nur für einen gewissen Kreis schrieb und dafs sein Freund, der
Bischof Dalberg, ihm riet, sie nicht bekannt zu machen.

Gottsched kannte auch den *Sergius,* aber er scheint ihm
doch nicht die Bedeutung zugemessen zu haben, welche er dem
Henno zugeschrieben hat. Er sagt: „Man kann sich leicht
denken, dafs durch diesen *Sergius* der nestorianische Mönch
verstanden wird, der dem Mahomet in Schmiedung des Alko-
rans und seiner neuen Religion beigestanden hat.“[1] Aber wenn
der *Sergius* in neuerer Zeit ein „antipapistisches“ Stück genannt
wird, das sein Entstehen den „bekannten Heidelberger Streitigkeiten“ verdankte[2], so mufs man bedauern, dafs diese reformato-
rische Tendenz des Stückes nicht näher beleuchtet und auf jene
uns unbekannten Streitigkeiten nicht näher eingegangen worden ist.

---

1) Nöt. Vorrat II, 169.
2) Francke, Terenz und die lat. Schulkomödie S. 142.

Anhang.

A. Der Sprachschatz der beiden Komödien und die Chorgesänge.

Das lateinische Schuldrama, das Reuchlins Komödien seine Entstehung verdankt, ist eine Nachahmung der *fabula palliata*, deren Hauptvertreter Plautus und Terenz waren. Der erstere war im Mittelalter wenig bekannt, während Terenz das ganze Mittelalter hindurch verehrt wurde. Nach dem Muster des Terenz dichtete Rosvitha, die Klosterjungfrau von Gandersheim, sechs geistlich-moralische lateinische Dramen, die der eifrige Humanist Konrad Celtes 1501 zu Nürnberg herausgab. In Italien stand in der Blütezeit des Humanismus Terenz in so hohem Ansehen, dafs er in Schulen und Börsen das klassische Vorbild der Umgangssprache blieb.

Seit 1472, in welchem Jahre der erste Druck des Plautus von G. Merula in Venedig besorgt war, und seit 1470, in welchem Jahre die erste Terenzausgabe in Strafsburg erschien, waren die Komödien dieser Dichter ein Gegenstand des Studiums geworden. Auch Reuchlin besafs eine ziemlich genaue Kenntnis derselben, wie mehrfache in seinen Schriften, besonders in dem Werke *de verbo mirifico* (1494), vorkommende Citate beweisen.[1] Es ist unter diesen Umständen sehr unwahrscheinlich, dafs Reuchlins Plautinische Studien auf der Handschrift des Came- rarius, dem jetzigen Palatinus, beruht haben.[2]

---

1) Geiger, Reuchlin S. 76.
2) R. Peiper, Jahrbb. für Phil. u. Pädag. Bd. 110 (1874) S. 134, führt als Beweis die Dedikation der *Scaen. prog.* an Joh. Dalberg mit

Wie sorgfältig Reuchlin das Wesen des römischen Kunst-
dramas, besonders der *fabula palliata*, studiert hatte, davon
liefern nicht nur die von ihm geschaffenen Typen, die scharf
ausgeprägten Rollen des Schmarotzers, des verschmitzten Haus-
sklaven, des Advokaten, des Wahrsagers, einen untrüglichen Beweis, sondern vor allem der Sprachschatz der Palliatendichter,
aus dem er eine Menge von Wörtern und Redensarten herübernahm.

Von Plautus entlieh Reuchlin: *ardituus H.*[1] 180 (*Curc.*
1, 3, 48) — *baiulare H.* 247 (*Asin.* 3, 3, 70) — *congeminare*
S.[2] 71 (*Amph.* 2, 2, 154) — *emporium H.* 226 (*Amph.* 4, 1, 4)
— *infimatis S.* 156 (*Stich.* 3, 2, 39) — *larvatus S.* 181 (*Men.*
5, 4, 1) — *mendicabulum S.* 57 (*Aulul.* 4, 8, 3) — *offa S. 50*
(*Mil. gl.* 3, 1, 165) — *peculium H.* 68. 141 (*Most.* 4, 1, 19)
— *penitissimus S.* 44 (*Pers.* 4, 3, 53, 71. *Cist.* 1, 1, 65) —
penus S. 44 (*Capt.* 4, 4, 12. *Pseud.* 1, 2, 45, 91) — *pol-*
linctor S. 216 (*Asin.* 5, 2, 58) — *trifurcifer S.* 144 (*Aulul.* 2,
4, 47, *Rud.* 3, 4, 29) — *versipellis H.* 392 (*Bacch.* 4, 4, 12);
von Terenz: *dilapidare H.* 112 (*Phorm.* 5, 9, 5) — *impingere*
alicui aliquid H. 423 (*Phorm.* 2, 3, 92) — *soli cum sumus*
H. 389 (*Phorm.* 4, 3, 28); von beiden Dichtern: das angehängte
dum: *H.* 167 *abitedum*, *S.* 160, 182 *agedum*, 230 *cavetedum*
— *ecce* in Verbindung mit dem Pronomen: *eccos S.* 70 —
emungere aliquid ex aliquo H. 66, *ab aliquo H.* 107 — *fame-*
licus S. 192, 442 — *furcifer S.* 95 — *nullus = non H.* 251
— *oscitari H.* 161 — *scelus* Schurke *S.* 128 — *statur S.* 191
— *suffarcinate H.* 243 — *valeat = pereat H.* 354 — *verbero*

ihren Anklängen an die *praefatio ad Butilium* vor der pseudo-Plau-
tinischen *Aulularia* oder dom *Querolus* an, die ihm — sie wurde zuerst von Daniel 1564 herausgegeben — nur eben in jener Handschrift
zugänglich sein konnte. Dagegen bemerke ich 1) daß eine Reuchlinsche
Dedikation der *Scaen. prog.* an Dalberg nicht bekannt ist, und 2) daß
ich, wenn unter dieser Dedikation vielleicht Bergmanns Brief verstanden
werden soll, Anklänge an die *praefatio ad Rutilium* nicht zu finden
vermag.
  1) *H. = Henno d. i. Scaen. prog.*
  2) *S. = Sergius.*

S. 81, 145. Auch die übrigen Dichter des 6. Jahrhunderts der Stadt waren Reuchlin bekannt. Cn. Nävius: *dispulverare* S. 464 (*com.* 57); Q. Ennius: *obstringilare* S. 480 (*sat.* 5) — *poetari* S. 233 (*sat.* 8); M. Pacuvius: *calvor* passivisch S. 483 (*tr.* 240) — *paenitudo* S. 460 (*tr.* 313); Statius Cäcilius: *ineptitudo* S. 20 (*com.* 61) — *silicernium* S. 196 (*com.* 122) — *succenturiare* S. 328 (*com.* 229); Turpilius: *divitare* II. 301.   S. 343 (*com.* 198). Aus der vorciceronischen Zeit sind noch zu nennen L. Accius: *magnitas* S. 113 (*tr.* 248); Afranius: *flagrio* S. 146 (*com.* 341); C. Lucilius: *mando* S. 351 (*sat.* 103); Cornelius Sisenna: *enixim* S. 100 (*hist. frag.* 110); aus der ciceronischen Zeit M. Terentius Varro: *deus tutanus* S. 389 (*sat. Men.* 213) — *formosulus* S. 186 (*sat. Men.* 176) — *rapo* S. 281 (*sat. Men.* 378); Nigidius Figulus: *suatim* S. 142 (*ap. Non.* 40, 26); D. Laberius: *appeto* S. 115 (*com.* 96).

Von Archaismen begegnen folgende: *estur* S. 70 — *fuat* S. 359 — *mavelim* S. 220 — *perduant* S. 462 — *potesse* S. 151, *potestur* S. 444 — *scibimus* S. 235 — *siem* S. 32, *sies* S. 266 — *spernier* S. 139 — *tui* = *tueri* S. 388 — sämtlich dem *Sergius* angehörig; im *Henno* findet sich nur der inf. parag. *ancillarier* H. 62, 220.

Eine besondere Liebhaberei zeigt Reuchlin im Gebrauch von Deminutiven: 1) Substantiva: *furunculus* S. 350 — *mercedula* S. 59 — *muliercula* II. 18, 31 — *passerculus* II. 418 — *paupertatula* II. 317 — *pectusculum* H. 409 — *rumusculus* II. 400 — *sycophantulus* S. 156 — *thesaurulus* H. 163; 2) Adjektiva: *audaculus* II. 286.   S. 378 — *formosulus* S. 186 — *horridulus* S. 184 — *pendulus* H. 144; sowie in der Häufung synonymer Begriffe: *praemium et mercedula* S. 59 — *stata et certa hora* S. 60 — *sententia est mea, sic volo, sic proposui* H. 110 — *quo momento et horae punctulo quove atomo* II. 177, 178.

Eine reiche Ausbeute gewährte Reuchlin das Studium der späteren lateinischen Schriftsteller für den Sprachschatz der beiden Komödien. Wir begnügen uns mit der Anführung folgender Schriftsteller. Petronius: *devirginare* S. 368; Martinlis: *bardocucullus* S. 101; Gellius: *audaculus* S. 378 — *blatero* S. 376 — *ruminari verba* S. 407; Apuleius: *cavillum* S. 486 — *gulo* S. 435 — *reprobus* S. 474 — *subiugus* H. 20; Firmicus Maternus: *denigrare famam alicuius* S. 155; Priscian und Diomedes: *alternitas muneris* S. 330 — *combinare* H. 410 — *meatim* nach meiner Art S. 276; Martianus Capella: *voluptuarius* H. 56; Macrobius: *anteloquium* S. 86; Festus: *blandicellus* S. 121 — *memoriosus* S. 416; Kirchenschriftsteller: *complices* S. 117 — *iurgari alicui* H. 398 — *obfuscare* H. 272 — *obsecundari* H. 354 — *reculraster* S. 307; Fulgentius: *caelitus* H. 155, 234; Auctor carm. Philom.: *cucurire* kollern S. 137 — *gracillare* gackern S. 136; Auctor incertus de idiom. cas.: *opprobrari* S. 154; Isidorus: *perpetim* S. 413; Boethius: *cavillatorius* S. 270; ferner, wie sich aus den Inscr. lat. erweisen läfst: *contribulis* S. 48 — *triplicitas* H. 183. Vorzugsweise treten die Hieronymianischen Studien Reuchlins hervor, wie Hieronymus bekanntlich Reuchlin auf seiner ganzen wissenschaftlichen Laufbahn begleitet hat.[1] So sind folgende Ausdrücke aus Hieronymus geschöpft: *instructio* H. 333 — *paupertatula* H. 317 — *pectusculum* H. 409.

Aber Reuchlin hat auch selbständig den lateinischen Sprachschatz durch eine Reihe von Neubildungen vermehrt, die sonst nicht belegt sind. 1) Substantiva: *aevilernitas* H. 467 — *bibesius* S. 118 — *congerminatio* S. 26 — *crucium* S. 147 — *decisorium* H. 344 — *deglutator* S. 161 — *fabulinus* S. 261 — *iocale* S. 150 — *lemurium* S. 298 — *ligurio* S. 428 — *lusio* neben *ludio* ein Schauspieler S. 81 — *maneudei* die Seelen der Abgeschiedenen S. 181 — *manticus* H. 139 — *pestilentitas* S. 468 — *sycophantulus* S. 156 — *terriculamen* S. 301 — *thesauculus* H. 163; 2) Adjektiva: *apellis* hautlos S. 187 — *coequester* S. 405 — *mansucius* S. 351 — *rescriptuarius*

---

1) Geiger, Reuchlin S. 76.

S. 329 — *sorifraudus S.* 146 — *suspensilis S.* 281 — *trilitterus II.* 273; 3) Adverbia: *matrimonialiter II.* 411 — *mendiciter S.* 193 — *mercurialiter S.* 82 — *trilittere H.* 270; 4) Verba: *connexitare II.* 27 — *depauperare S.* 243 — *excandere* c. acc. c. inf. — *irascor H.* 420 — *latrunculari S.* 362 — *pollincire S.* 215 — *succensere contra aliquem H.* 413.

Im *Sergius* finden wir eine Reihe von Wortspielen, welche die Einförmigkeit der Rede unterbrechen: 37, 82, 165, 180, 185, 204, 209, 211, 297, 360, 450. Auch einige Sprichwörter wendet Reuchlin an: *H.* 42 *tenax requirit prodigum;*[1] *S.* 263 *asinus ad lyram* nach *Varro sat. Men.* 543 bei *Gell.* 3, 16, 13 (ὄνοι λύρας), von ungeschickten, gegen alle Musenkünste unempfindlichen Menschen; *S.* 291 *scirpo huic nodus est,* nachgebildet dem bekannten *nodum in scirpo quaerere* — Schwierigkeiten finden, wo keine sind, bei *Enn. sat.* 46. *Plaut. Men.* 2, 1, 22. *Ter. Andr.* 5, 4, 38. Aus einzelnen Wendungen spricht der Gelehrte: *S.* 88 f. wo Gorgias, Zeno, Protagoras erwähnt werden; *S.* 252 wo Lixa unter Berufung auf Terenz und den Apostel Paulus die Dichter verteidigt: *Paulus Menandrum Aratum Epimenidem invocat testes prophetas atque veri conscios.* Man wird sich erinnern, dafs Paulus diese drei Dichter nennt: Act. 17, 28 beruft er sich auf Aratus, in dessen *Phaenomena* 5 sich folgender Vers findet: τοῦ γὰρ καὶ γένος ἐσμέν. Der Vers des Menander steht 1. Kor. 15, 33: φθείρουσιν ἤθη χρηστὰ ὁμιλίαι κακαί, lat. *Corrumpunt bonos mores confabulationes malae;* der Vers des Epimenides steht Tit. 1, 12: Κρῆτες ἀεὶ ψεῦσται, κακὰ θηρία, γαστέρες ἀργαί. Endlich läfst Reuchlin den Lixa *S.* 371 fragen, ob Sergius jener Grammatiker sei, der lateinisch gelehrt habe. Er meint den Grammatiker Sergius, der in der Mitte des 4. Jahrhunderts lebte und Donatkommentare schrieb.

* * *

---

1) Den Urheber dieses Sprichwortes habe ich nicht ausfindig machen können.

Nach Reuchlins Vorgange bilden die Chorgesänge einen wesentlichen Bestandteil des lateinischen Schuldramas. Einige Dramatiker des 16. Jahrhunderts bringen die Chorgesänge zu hoher sprachlicher und metrischer Vollendung. Reuchlins frei erfundene Chorgesänge sind einfacher Natur; der Dichter machte den ersten Versuch mit dem jambischen Quaternar, indem er den *Sergius* mit einem siebenstrophigen Chorgesang mit Reimpaaren beschloß. Im *Henno* benutzte er die Chorgesänge zum Ausfüllen der Pausen zwischen den einzelnen Akten, sodaß die fünfaktige Komödie nur Chorgesänge enthält, zu denen ebenfalls hauptsächlich der Iambus verwendet worden ist. Zu bemerken ist noch, daß der Chorgesang des *Sergius* teilweise für den dritten Chorgesang des *Henno* benutzt worden ist.

Der dem Dichter gemachte Vorwurf, daß die Chorgesänge ganz unmotiviert und ohne recht ersichtlichen Zusammenhang mit der vorangehenden Handlung stehen,[1] ist unberechtigt. Der erste Chorgesang, der ein Lob der Armut enthält, ist keineswegs ironisch zu fassen, weil der Arme im 1. Akte den Reichen betrogen habe; vielmehr mahnt der Chor die Zuhörer dem Glück nicht zu sehr zu trauen und sich durch das Unglück nicht zu sehr demütigen zu lassen, nachdem diese in der vorangehenden Handlung an Henno und Elsa den plötzlichen Wechsel von Freud und Leid wahrgenommen haben, und zeigt am Schlusse, wie der Arme ein solcher sei, der im Glück nicht jubele und im Unglück nicht zage.

Auch dem zweiten Chorliede wohnt kein Spott inne; es enthält kein „jedesfalls ironisch gemeintes Lob der lügenhaften Kunst der Seherzunft",[2] sondern der Dichter benutzt die Gelegenheit, welche ihm die Wahrsagerkunst des Alcabicius bietet, die Dichter zu besingen, die auch Seher und Propheten heißen, weil sie Priester der Musen und Diener des Apollo sind.

---

1) O. Francke, Terenz und die lat. Schulkomödie S. 104.

2) O. Francke a. a. O. S. 122.

Der dritte Chorgesang steht allerdings weniger im Zusammenhang mit der Handlung des 3. Aktes, als mit dem Chorgesang des 2. Aktes. Er richtet sich gegen die Feinde des Humanismus, welche in eitler Verblendung und in roher, marktschreierischer Weise die Dichter und die Beschäftigung mit der Dichtkunst gehässig verfolgen, und verherrlicht von neuem die Schönheit der Dichtkunst.

Der vierte Chorgesang endlich ermahnt den nach Ruhe sich sehnenden Menschen, sich von der Unruhe und den Wirren der Gerichtshöfe fern zu halten; er steht offenbar in innigem Zusammenhang mit der Handlung des 4. Aktes.

Es ist nicht unwahrscheinlich, daß die Chorlieder von Reuchlin mit besonderer Rücksicht auf die außerordentliche Vorliebe seines hohen Gönners, des Bischofs Johann von Dalberg, für die Musik gedichtet worden sind. Es war sehr natürlich, daß dieselben dann auch in Musik gesetzt und von einem Chor zur Darstellung gebracht wurden. Dieser Chor bestand vermutlich aus den Sängern, welche die Kapelle des Kurfürsten Philipp bildeten. Die Musik stand bei den Humanisten des Heidelberger Kreises in hohem Ansehen. Rudolf Agrikola liebte die Musik, ebenso Dalberg. Diesem widmete Dietrich Gresemund in Mainz eine sapphische Ode, welche das musikalische Talent des Bischofs sowie dessen Freude an der Musik pries; ebenso widmete Mathäus Herben aus Utrecht, Rektor der St. Servatiusschule zu Mastricht, dem Bischof eine Schrift *de natura cantus ac miraculis vocis,* in deren Widmungsbriefe vom 27. April 1496 es heißt: „Auch würden es Dir, wie ich glaube, die Sänger des Pfalzgrafen Dank wissen, wenn Du ihnen diese Schrift zugänglich machen würdest. Daraus könnten sie noch besser lernen, daß unter den freien Künsten keine eine größere Bedeutung für den Gottesdienst hat als die Musik, denn Himmel und Erde werden durch den Klang ihrer Harmonien gelenkt."[1]

---

1) Morneweg, Johann von Dalberg S. 193.

B. Widmungsbriefe der Herausgeber.

I.

Johann Bergmann de Olpe an Johann von Dalberg.

Basel, 1. Mai 1498.

Reverendissimo clarissimoque in Christo patri et domino, domino Joanni Camerario Dalburgio, Vangionum aut Varmaciensi antistiti principique picutissimo, domino suo clementissimo, Joannes Bergman de Olpe, archidiaconus Grandisvallis, cum humili commendatione obedientiam.

Episcoporum gloria, philosophorum pater, musarum defensor, totus litteris deditus, totus sapientia plenus, sicque familiam tuam illustras, Germaniam exornas, Philippi comitis Rhenani Palatini decus auges et amplificas, nec solum in domesticis et palatii sui rebus, sed etiam apud Gallos, apud Romanum pontificem, apud imperatorem eloquentia, consilio, prudentia gloriam ei saepe peperisti. His tuis virtutibus noster Joannes Reuchlin Phorcensis provocatus comoediam lepidissimam pro usu Germanicae iuventutis a se lucubratam coram tua pientissima paternitate omni scaenico ludo servato primum recitari fecit, ut iudex esses novae et numquam a Germano attentatae compositionis. Audisti, probasti, pueros recitantes auro anulisque donasti, ut eos ceterosque bonos adolescentes ad ferventius litterarum studium accenderes et inflammares. Eam comoediam[1], ut in multorum manus veniat (nihil enim obscenum aut impurum

---

1) comunędiam

continet), impressi, edidi, disseminari feci, non barbaro quidem sed antiquo charactere[1] tuae paternitati placituro. Hanc tu suscipe, defeude, tuere.

Ex Basilea Kalendis Maii anno Christi MCCCCLXXXXVIII.

II.

Basilius de Wilt an den Grafen Stephan Schlick.[2]

Leipzig, 11. Juli 1503.

Nobili ac generoso[3] domino, domino Stephano Schligk, heroicarum virtutum cultori ac comiti in Passaw, domino in Weifskirchen, Cubito, Schlackenwerde etc. Basilius de Wilt ingenuarum artium baccalarius S. P. D.

Non ambigo Apollineos vates tanta celebritate excultos fuisse, generose comes, ut per eorum carmina deorum celestia sacra atque religiones undique terrarum tum a vetustissimis tum a nostre tempestatis theologis adornarentur. Quis namque publice atque private rei fructuose prefuit? quis ad humanitatem atque affabilitatem aspirare conatus est? quis unquam, quaeso, sua facultate nectare Pierio neglecto titulo condigno decorari potuit? Revera nemo, potissimum quod pensito, doctrina et moribus, que Apollineo vatum spiritu crepitante lyra resonant, deficit. Inter quos comici voluptuose se offerunt, qui (Cicerone dicente) vite specimen, consuetudinis speculum, virtutis imaginem recte depromunt, quorum poema facundissimum et humane conversationis peculiare Latini scriptores tradidere. Ipsi namque diversarum gentium gesta atque facta congestant auditui iucundissima. Et cum per omnes personas atque affectus eant (Enea Sylvio teste), ad eloquentiam plurimum conferunt, etate etenim tenera inhibiti non facile memoria labuntur. Hinc est, generose comes,

---

1) carractere.

2) Stephan Schlick, Graf von Passaun (Bassano) und Weifskirchen, der Gründer von Joachimsthal (1516), fiel in der Schlacht bei Mohacz (26. Aug. 1526).

3) genoroso

cum tot et tantas in te virtutes conspiciam heroicas, que vulgo
omnium voce clarescunt, tanquam tremulum inter homines nostri
seculi sidus micas. Taceo tuam generosam familiam, quo te
hominum oculis admirabilem reddit, taceo morum gravitatem
in adolescentulo laudandam, omitto denique et corporis et animi
bona, quibus plures antecellis. Ego quamvis tanti domini favo-
rem promeritus sim minime, desidero tamen illud mihi a summo
deo prestari potissimum, ut, quem omnes ament atque veneren-
tur, illius benivolentiam acquiram. Ne ergo vita ocio marces-
ceret inerti, nunc sub cane egregiam Reuchlin nostro evo viri
et Greca et Latina linguis eruditissimi comediam calcographo
ad caracterisandum dedi, ut que antea sopita esset angulo pluribus communis foret. Et ut te mei laboris participem reddam,
hanc tue nobilitati comediam tanquam munus Apolline dignum
dicabo, quam animo pio hilarique fronte precor suscipias atque
legas. Deinde dum hoc corpusculum meum sub celesti spira-
verit aura, studio, favore numquam deero, cui 'et me ipsum
totum trado atque commendo. Valeas in Ethiopum secula vitam
producturus, valeas denique et tui Basilii memor esse digneris.
Datum edibus nostris studii Liptzensis V idus Julii anno salutis
millesimoquingentesimo tercio.

III.

Jakob Spiegel an Jakob Lemp.

Tübingon, 24. Januar 1512.

Jacobo Lempo christianae theologiae antesignano Jacobus
Spiegel Selestanus S. P.

Explanationem in nostri Johannis Reuchlin viri probandi
probe a probis Scaenica Progymnasmata, quam ocians tumultuanter comportavi, tibi dicare constitui, quem et studiorum et
studiosorum amantissimum et veluti praecipuum florentis huius
scholae aurigam et anchoram a placrisque omnibus optimis dici,
nominari et reverenter etiam observari cognovi. Nam tu hic
absque controversia es haberisque, cuius omne studium ad augi-

ficandam rem litcrariam, optimos quosque mores constituendos
diesque noctesque contendat, externos diligis et foves mirum in
modum nihilque aeque curas quam do bonarum literarum cul-
toribus optime mereri, hoc solatium, haec vita, haec voluptas
tua maxima; quos autem tu colis bonarum literarum cultores,
sunt inprimis numquam satis laudatao philosophiae, Apollineae
medicinae, sacrorum canonum et legum ac supereximiae christianae veraeque theologiae professores eorundemque alumni, siqui-
dem quod his literarum centuriis non clauditur nugivendum,
futile et probatis moribus alienum. His igitur immortalibus
nobilissimi animi tui dotibus provocatus, intrepide ausus sum
examini et librae tuae haec mea explanatorii generis scripta
submittere, quae si ad stomachum tuum facere perspexero, animum meum olim sibi redditum et excultum ad ampliora exci-
tabis, te enim iudicem tanti facio, quanti fieri debet doctissimus
et maximus censor. Vale decus theologorum, praesidium ponti-
ficalis disciplinae, unicum et rarum nostris in oris Scoticae non
tam subtilitatis quam voritatis exemplum ac nobile ingenuorum
studiorum columen. Tubingae ex aedicula nostra philosophica
xxiiii Januarii M.D.XII.

IV.

Jakob Spiegel an Georg Simler.

Übersendung des von Simler gewünschten Kommentars über die
Didaskalie der Scaenica progymnasmata.

(Tübingen, zwischen Februar und September 1512).

Accipe, mi suavissime Georgi, quam tu pro faciliori puerorum intellectu priori nostrae in Scaenica Reuchliniana Progymnasmata explanationi tumultuariae tumultuanter quoque adiiciendam
arbitratus es opere precium, hoc biduo comportatam interpretatiunculam, quae si tibi, qui mihi et compluribus mansuetiores
politioresque tam literas quam musas opulenter in hoc Tubin-
gensi lyceo possidere videris, probabitur aut placebit, itidem
exeat licet intempestiviter, caninam parum curatura mordacitatem,

quam ipse didici singulari virtutis tuae exemplo floccifacere, qui emulos foelicitatis tuae soles vel ingenita tibi mansuetudine vel praecipua tua potius in tanta scientiarum abundantia, quae plaerosque omnes alios semidoctos etiam, addo et literatores inopes inflare solet superbirequo efficit, amabili facilitate, quae nemini unquam bono et honesto nisi gratissima fuit, surda penitus aure transire, semper memori sub pectore versans. Invidiam se ipsam suapte natura pessundare, cum caetera malorum vitia bonis usque officiant. Ego profecto ea in re tibi gaudeo, mihi vero gratulor, quod tibi adeo gratus sim nihilque unquam mihi nisi facilis laetusque, quod abs te in literariis et graecanicis potissimum rebus expeto, communices. Tu, ut occepisti, quibusvis tuis calumniatoribus et eis praesertim, qui nescio qua perciti Tisiphone garriunt te graecistas parturire decrevisse, hac non respondendi continentia respondere persevera. Nam quisquis graecitatis est amator, te et admirabitur et defensabit. Jam nutrit Rhenus Graecos, qui sub non poenitendis in Parrhisiorum Lutetia praeceptoribus tam in philosophia quam humanitate graecitatem imbiberunt, nec suis caret Danubius. Quod si feceris, nemo te quietior esse in vita, nemo iucundior poterit, nemo beatior, nam ita omnis penes te erit virtus. Adverto equidem in te quae non cogitas et e parvis graviora concipio, nec me vixeris modo praesagia fallunt. Vale singulare literarium decus, quod (ut nuper calenti pectoris impetu lusimus) vel Rhomulidum vel Graium vel Solymorum quicquid habent linguae rite docere queat.

I.

Georg Simler an Johann Reuchlin.

Pforzheim, September 1507.

Jo. Reuchlin Phorcensi doctori preceptori suo Georgius Simler.

Salutem primum iam a principio propiciam mihi atque tibi, dulcissime preceptor, renuncio. Suavidica illa tua illectus versiculorum modulatione et si me literae non nihil deficerent, temperare mihi tamen non potui quin aliquid adiicerem, quo discipulos meos scholasticos, non illos aduloscentulos, quibus contingere nihil potest illecebrosius quam nox, mulier et vinum, meos inquam benivolentia vadarem, Sergium tuam meaque annotamenta difficili molestaque cunctatione expectantes, quemadmodum tu posteritatem in laudem tuam perpetuo concinnandam despondisti. Sed non nihil metuerem in eam meme penetrasse palestram, ubi damnis desudascitur, et succidaneo tergo formidarem symbolas, velut Plautinus ille servus, scapulis meis imminentes propter eos quorum frons matutina severitudine caperabit, nisi me M. Varro gravissimus auctor hoc metu vindicaret, dicens nos debere in medium proferre quae scimus, neminem enim omnia sciro posse, et raro fit, ut rectos et omnes numeros (quemadmodum in te) quisque inveniat. Columella quoque nos solatur, cum inquit, quoscumque mortales habuerint sapientissimos, scisse multa, non omnia, non absurde facit etiam ut me animi angam, qui non examussim cuncta collocavi, compendio verba multa defugiens, et forsitan erroris aliquid admisi, et rem scitu necessariam neglexi, respondeat

Cicero, si culpa dici meretur quod rem aggressus sum fortiter. Sic Cicero do oratore profecto ad M. Brutum: Par est omnis omnia experiri, qui res magnas et magnopere expetendas concupiverunt. Quod si quem natura sua aut illa praestantis ingenii vis forte deficiet aut minus instructus erit magnarum artium disciplinis, tencat tamen eum cursum, quem poterit, prima enim sequentem honestum est in secundis tertiisque consistere.[1] Exorsa igitur haec tela virtute atque auspiciis tuis, preceptor suavissimo, cui si placuero magnam benivolentiam paucula sum licitatus mercedula, meque duodecim deis multo tanto chariorem, quos mecum militare existimo, quem unice unum plurimi pendo, caeteros muricidas non facio pili, quibus male morigeris placere nemo potest, etiam qui habuerit soccis suppactum de auro solum neque nos illis aut sevimus aut messuimus, sed tibi, cui si non placuero, plaustrum (ut est in veterum proverbio) intempestive perculi. Verum enimvero si quid erravimus, qui nobis imputabunt, ignoscant non obliti illius versiculi a doctissimo quodam Graeco recitati ἀνϑρώπινόν ἐστι πάϑος τὸ ἁμαρτάνειν. Et si nec illo contenti sunt versiculo, superveniat Romanus ille fulminator M. Cicero Philippica XII. dicens, errare cuiusvis esse hominis, nullius vero nisi insipientis perseverare in errore. Posteriores enim cogitationes (uti aiunt) semper solent esse sapientiores. At mox aliud diluendum eximendumque obiiciet pleraque scilicet omissa scitu cognituque dignissima, ad hunc ita compugnantem possum dicere, si tu ca es dexteritate preditus ingenii et hanc interpretationem vulgariam non supputas, succisivo et tumultuario studio excusam, ad eam revise et si quid deest addas atque consarcias catenus quatenus prodeat absolutior et facies rem non mihi solum sed etiam posteritati gratissimam. Ad te repedo, preceptor amatissime. Nam mihi quam facile quamque fortunate eveniat, non tam macceror, quam ut tibi quieto esse liceat, quod spero, si non erit officii gratia surda tui, nam cunctis prodesse laboras, nihil animadvertens quibusdam

---

1) Cic. Orat. 1, 4.

si cor sauciat invidia et altissima quaeque venti perflant, tu
veris nominibus venturam devincis aetatem, ita plena sapis pectore, qui plenissimo studiosos literarum demereris obsequio, qua-
propter piacularem fieri oportet ob stulticiam suam Acheruntica
dignam regione, qui humanitatem et gloriam tuam refractaria
interpellat oblatratione, qui velo remoque (ut dicitur) ad bonam
frugem ducis omnes. Igitur te dii ament, valeasque ut sis salvus
semper atque fortunatus, dii tibi dent annos (libet iam Ovidio
concinere) a te nam caetera sumes, gloria Phorcensis lausque
decusque soli. Ex lacydio nostro. | Phorce in aedibus Thomae
Anshelmi | Anno M.D.VII. mense Septembri.

II.

Andreas Althamer an Johann Pellion.

Leipzig, 29. Juni 1520.

D. Joanni Pellioni divinorum operatori in Gundolfinga, viro
humanissimo, Andreas Palaeosphyra foelicitatem optat.

Maiores nostri lyceum qui Lipsiae celeberrimum primi
incoluerunt, cum artem sine sedula exercitatione penitus nil va-
lere sensissent, solertissime quidem sanxerunt, ut caniculе ortu
graviora ac philosophica studia breviculo tempore omitterentur,
quo prima laurea insigniti exercitabundi auctores quospiam
publico profiterentur. Id sedulo quisque studet ut eos prelegat,
quo se humi tollat cristulasque erigat, simul emunctis auditorum
naribus satisfaciat, nemo non laudis sitiens. Sed ne ego solus
inter tot claros Minervae milites consertis moriorum instar manibus domi delitescam aut ad Eurotam scelere videar, et ipso
orbitam duxi tentandam, hesitanti autem diu quo prodirem
auctore, ut ingenium meum tenue aliquo expoliretur pacto. Vt
enim ferrum sic ingenium, si non exercetur, ferrugine conteritur.
Tandem comedia quedam prorsus faceta, elegans ac festiva Joannis Reuchlin Phorcensis, viri ex asse peritissimi omnique
literaria disciplina absolutissimi, in manus venit, que non nisi
veram latinitatem ac comicum redolet stilum, salibus scatet

amoenissimis omnibus modis, ut sit absoluta, quam prelegendam
assumpsimus, quod nil nisi facetias, risus, iocos, dicteria spiret,
haud quicquam severi nec tristitio aliquid. Non Cathoni, haud
Socrati, nec Heraclito aliisve rigidulis ethnicorum sophis erit
locus nec Titannicos quibus iocosa nauseant admittet, sed quosque Democritos lętos ac alacres festivitas quibus placet. Igitur
Sergium, sic fabulę nomen, ad te, vir optime, mittimus, ut
semel sepositis aliis, quibus assiduo incumbis, hunc legas.
Delectabit te plurimum fabula ut festiva sic doctissime con-
cinnata. Laudabis poetae ingenium meumque illum erga tuam
humanitatem affectum probabis. Vale amicorumque suavissime
ac Paleosphyram tuum ama. Iterum vale. Lipsiae ex nostro
phrontisterio. iii kalendas Iulii. Anno post natum salvatorem
M.D.XX. ἥμισυ πλέον παντός.

C. Bibliographie.

I. Scaenica progymnasmata.

A. Textausgaben.[1]

1498.

1. Joannis Reuchlin Phor·|cenſis Scenica Progym·|naſmata: hoc eſt:
Lubicra | precerercitamenta. || Sebaſtianus. Brant. | Vier Disticha. |
1498. | Nihil ſine cauſa | Olpe
a^b Widmungsbrief des Jo. Bergman de Olpe ex Basilea Kl'.
Maii. Anno chriſti M.CCCC.LXXXXVIII. — aij — bij^b Text der Komödie. hiij med. die Didaskalie. biij^b — b4^b die Gedichte des Jac.
Dracontius und des Jo. Richartshusor. Am Ende: 1498. | Nihil ſine
cauſa. | OLPE
12 Bl. 4°. Panzer I, 186 nr. 238. Hain II, 2, 217 nr. 13882.
In Berlin, Dresden, Leipzig, München, Wernigerode, Wolfenbüttel,
Würzburg, Zwickau.

2. Joannis Röchlin Phorceſ. | Scenica Progymnaſmata: p̓ | eſt:
Lubicra precerercitaměta || Sebastianus Brant. | 4 Disticha. | Am
Ende (P 4 a): Carminum Sebastiani Brant tam diuinas quam huma-
nas | laudes docantantium opus. felici ſine consummatum Ar|gentine
opera et impensis Joannis Grüninger. Kl'. | Augusti Anni etc.
xcviij.
10 Bl. 4°. Panzer I, 61 nr. 341. In Berlin, Dresden, Göttingen,
München, Wien.
Sehr fehlerhafter Nachdruck. Schon Brants Widmungsbrief weist

---

1) Eine vermutlich nach Maittaire Suppl. adorn. Mich. Denis I, 433 von Panzer I,
60 nr. 336 und Hain II, 2, 217 nr. 13881 angeführte Straſsburger Ausgabe von 1497, die
also schon im Jahre der Aufführung entstanden sein muſs, habe ich nirgends angetroffen.
Sie soll folgenden Titel haben: Johannis Renchlin Scaenica progymnasmata h. e. Indicra
praecexercitamenta; am Ende: Actum Argentine per Magistrum Johannem Grüninger
Anno Christi salutifero 1497. 4. Schnurrers Angabe S. 50, daſs sich ein Exemplar auf
der Hofbibliothek zu Wien befinde, ist falsch.

zwei Fehler auf: Vangionem und Quod duce; in Bergmanns Widmungsbriefe liest man gloriam — eloquenti — bis st. his —; im Texte von 6 es,
48 hiscere, 72 oris, 94 nostri — panicidę, 97 is, 104 Fict, 111 es, 119
speciosus, 120 fehlt valde — chara, 131 via, 147 ingnobilem, 162 nosce,
166 fehlt, 167 abire, 169 pe, 170 ex statt est, 172 scito, 174 cance,
176 demus, 193 iu mirum, 203 iuuenis, 208 virororum, 219 sna,
224 alid etc. Auch die Druckfehler der Basler Ausgabe sind stehen
geblieben.

(1503.)

3. Joānnis Reuchlin | Phorcenſis Scenica Progymnaſ· | mata. Hoc
eſt. Ludicra praeexercitia | menta. || Sebaſtianus Brant. | 4 Disticha. |
Nihil ſine cauſa. | Olpe. | Am Schlufs: Nihil ſine cauſa. | OLPE.

Herausgeber: Basilius de Wilt in Leipzig. Leipziger Druck in
gotischer Schrift.

16 Bl. 4°. Panzer VI, 319 nr. 1114. Nach demselben VII,
148 nr. 99 soll am Ende stehen: Lyptzk Anno Xpi millefimo quin-
gentefimo tertio V. Idus Iulii. Nihil sine causa. Durch die Beziehung
jedoch auf Riederer Nachrichten IV, 364 giebt Panzer zu erkennen,
dafs er sie für identisch mit der VI, 319 nr. 1114 genannten hält.
In Berlin, Breslau, Göttingen, Greifswald, Hamburg, Wernigerode,
Wolfenbüttel.

Enthält sämtliche Beilagen und weicht nur an wenigen Stellen
von Nr. 1 ab — es sind Druckfehler — 15 Rhomuleis, 87 luctata, 128
predita, 130 astrolabri, 169 furem, 203 inuenics.

Der Drucker ist wahrscheinlich der zu Leipzig ansässige Baccalaureus Martin Landsberg aus Würzburg.

4. Neudruck von Nr. 3, ebenfalls in gotischer Schrift; mit folgenden
Abweichungen: im Titel: Progymnas | ohne Bindestrich; am Ende:
Nichil sine causa | OLPE; aufserdem ist im ersten Verse des
Brantschen Titel-Epigramms venoräde, im dritten Germanus statt
Germanos gedruckt; ferner findet sich am Ende des Bergmannschen
Briefes Anno Christi milesimo statt millesimo, dagegen richtig im
Widmungsbriefe des Basilius de Wilt *Nobili ac generoso domino*,
während Nr. 3 *genoroso* bietet; endlich sind die unter 87 und 128
von Nr. 3 aufgeführten Druckfehler entfernt, nur 169 ist pulantiam
statt petulantiam hinzugekommen.

Nirgends citiert. In München.

1508.

5. Joannis Reuchlin Phorcen | fis Scenica Progymnafmata, Hoc eft |
Ludicra praeexercitamenta || SEBASTIANUS BRANT. | 4 Disticha. |
Am Ende: Phorce in ędibus Thomę | Anfhelmi. Anno M.D. viiij.

10 Bl. 4°. Serapeum XXII, 122 nr. 25. — In Berlin, Heidelberg, München, Tübingen, Wolfenbüttel, Zürich (Stadtbibl.).
Abweichungen von der ed. princ. und Druckfehler: 14 auctore, 23 quęrito, 40 fehlt sed, 45 vxor, 102. 103 Eiat, 122 capessit, 129 chara, 154 cęlitus, 324 nomenculator, 376 vertis.[1])

1509.

6. **Joannis Reuchlin Phorcen | ſis Scęnica Progymnaſmata, Hoc eſt | Ludicra praeexercitamenta || SEBASTIANUS BRANT. | 4 Disticha. |** Am Ende: Phorce in ędibus Thomę | Anſhelmi. Anno M.D.IX.

12 Bl. 4°. Panzer VIII, 231 nr. 31. — In Berlin, Heidelberg, München, Nürnberg (Germ. Mus.), Stuttgart, Tübingen, Wolfenbüttel.

Mit Nr. 5 übereinstimmend mit Ausnahme von 45 uxox, 84 sacict, 88 reperi, 108 peregrimo, 324 nomenolator.[2])

1511.

7. **Joannis Reuchlin Phorcen | ſis Scænica progymnaſmata, hoc eſt | ludicra praeexercitamenta || SEBASTIANUS BRANT | 4 Disticha. |** Am Ende: Tubingæ in ædibus Thomæ Anshelmi | Anno M.D.XI. menſre (!) octobri.

12 Bl. 4°. Panzer XI, 507 nr. 7ᵇ. Steiff, Der erste Buchdruck in Tübingen. Tüb. 1881. S. 80 nr. 24. — In Berlin, Freiburg, Heidelberg, München, Stuttgart, Tübingen.

Die Ligaturen vor Nr. 6 sind aufser ꝗ3 überall aufgelöst. Auffallend ist 104 admoneo, 250 das am Ende fehlende mihi, 324 adest nomenolator, in der Personenangabe zu V, 2 Abram statt Abra.

1513.

8. **Joannis Reuchlin Phorcen | ſis. L. L. iuris doctoris atq3 triũ linguarũ hebrai | ce. Grece et latine viri doctiſſimi comędia. cui ti | tulus Scęnica progymnaſmata cum Xu. Cun. | argumento.** Dann folgen Ulrich Huttens Nemo und einige Gedichte des Antonius Tunnicius aus Münster. Am Ende: **Excuſum in officina litereria induſtri| | viri probatiq3 opificis Theodorici | de Borne Xnno do-**

---

1) Die Ansholmschen Texte von 1508, 1509, 1511 und 1516 geben den Bergmannschen Brief nicht, wohl aber die Didaskalie. Sie waren für den Gebrauch der Schulen und Universitäten eingerichtet, besonders scheint die Ausgabe von 1511 die Bedürfnisse der Schule im Auge gehabt zu haben, denn sie ist bis auf ꝗ3 = qꝫ frei von Ligaturen. Alle zeichnen sich durch eine schöne volle Schrift und durch anerkennenswerte Korrektheit aus.

2) Eine zweite von Panzer VII, 423 nr. 4 nach Schnurrer Nachrichten S. 51 angeführte Ausgabe: Jo. Reuchlini Scen. prog. Monast. 1509. 4. scheint nicht zu existieren. Brunet, Manuel IV, 1254 nennt die Blattzahl (12) und fügt hinzu: avec des notes de la main de Melanchthon (22 fr. de Soleinne).

mini. **A.** | **D‹.** ꝛiii. **Sexto Non.** | **Aprilis. Cognoſce te ipſum:** et ne quib nimis. | Der Druckort ist Deventer (Daventria). 20 Bl. 4°. Gotische Typen. Panzer VI, 486 nr. 25. Böcking, Opera Hutteni I, 10°. — Der Herausgeber ist Anton Tunnicius (Tünneken). — In Heidelberg (defekt), Stuttgart, Wien, Wolfenbüttel. Die Abweichungen von der ed. princ. sind orthographischer Natur oder auf Druckfehler zurückzuführen: 14 auotore, 15 Romulois, 17 Aureis, 40 fehlt sed, 58 pyra, 83 obilum, 91 presepio, 98 lautius, 123 bellue, 129 chara, 139 astrolabii, 376 vertis, 386 hand, 391 fehlt est, 398 ingratus, 406—408 fehlt et filia — Dromonem, 410 Volui, 426 iudicio, 441 vani.

Für die Würdigung der litterarischen und pädagogischen Verdienste des Tunnicius ist die Ausgabe von hervorragender Bedeutung. Hoffmann von Fallersleben, dem es in seinem „Hermann Tunicius" (Berlin 1870) nur auf des Tunnicius niederdeutsche Sprichwörtersammlung ankam, ist die obige Ausgabe völlig unbekannt geblieben.

1514.

9. **Joānis Reuch|lin Phorcenſis Scenica** | Progymnaſmata. Hoc eſt. Ludi- | cra praeexercitamenta. || Sebaſtianus Brandt. | 4 Disticha. | Nibil ſine cauſa. | OLPE. || Liptzk Impreſſit Valen-|tinus Schumañ.| Titeleinfassung und Randleisten. Ohne Jahr.

12 Bl. 4°. Panzer VII, 235 nr. 958. — In Berlin, München. Überaus fehlerhafter Druck: 14 authore, 26 caliptra, 74 curam, 104 admones, 124 quod evoluta, 135 veniam meam, 146 gloriam, 169 furem, 239 veniant, 317 misere, 324 adest nomon colator, 364 vigunt, 397 nunc zweimal, 425 nil, 431 ut ipso aiunt. In der Didaskalio wird ein Spieler Jacobus Dönerberger genannt. — Wegen der Jahresbestimmung wird auf S. 59 verwiesen.

10. **Joānnis Reuch·lin Phorcenſis Scenica** | **Progymnaſmata. Hoc** | eſt. **Ludicra preexer·|citamenta.** || Sebaſtianus. Brant. | 4 Disticha. | Nibil fina cauſa | OLPE | Titeleinfassung und Randleisten. Am Ende: **Impreſſii** (!) **Liptzf per Valentinū Schumā. A.cccc. ꝛiiij** (!).

12 Bl. 4°. — Goedeke I, 414, 5 k. — In Göttingen, München, Zwickau. — Text besser als in Nr. 9, daher 26 calyptra, 74 curem, aber 74 id mea beat, 237 Rhodum, V, 1 DREMO.

11. **Joānnis Reuchlin | Phorcenſis Scenica progym|naſmata,** hoc eſt ludicra preex | ercitamenta. || SEBASTIANVS BRANT. | 4 Disticha. | Am Ende: Impressum Liptzigk per Jacobum Than-|ner Herbipolitanum. Anno dñi Milleſimo | quingentesimodecimoquarto.

12 Bl. 4°. Panzer VII, 186 nr. 482. — In Dresden.

Ohne Bergmanns Brief und die Gedichte, aber mit der Didaskalie und mit folgenden Abweichungen von der ed. princ.: 14 auctore, 19 his, 40 Ludo et scortor, 84 Saciet, 86 Cautior, 90 reperi, 92 foemina, 98 lautius, 104 admones, 129 chara, 142 foeliciorem, 153 Ptolemeus, 228 foelix, 246 preibo, 250 mihi fehlt, 304 cedo, 324 adest nomenclator, 327 preciique, 356 Cedant, 408 his, 413 ac.

12. IOANNIS REVCHLIN Phorcenſis Scænica Progymnaſmata. Hoc eſt Ludicra præexercitamenta. Sebaſtianus Brant. 4 Disticha. Am Ende: Viennæ Pannoniæ in ædibus Hieronymi Vietoris et Joannis Singrenii. Anno MDXIIII. 4.

Panzer IX, 23 nr. 122. — Von mir nicht angetroffen.

1515.

13. Joānis Reuchlin | Phorcenſis Scenica progymnaſmata. Hoc eſt. | Ludicra preexerci- | tamenta. || Sebaſtianus Brandt. | 4 Disticha. | Nihil ſine cauſa. | OLPE. Am Ende: Liptzk Impſſit Valētinus Schuman, Anno, 1·5·15.

12 Bl. 4°. Panzer VII, 191 nr. 528. — In Berlin, Breslau, Leipzig (U.-B.), München, Stuttgart, Tübingen, Wernigerode, Zwickau.

Abdruck von Nr. 10; doch richtig V, 1 DROMO, aber fehlerhaft 56 voluptuarius, 434 voxorem. In Brants Distichen: succis, citrata.

14. IOANNIS REVCHLINI Comœdia cui titulus eſt, Scœnica progymnasmata — add. D. HIERONYMI ad Athlætam super inſtitutione filiae epistola aurea. Coloniæ MDXV. 4.

Panzer VI, 376 nr. 256. — Von mir nicht angetroffen.

1516.

15. Joānis Reuchlin Phorcen | ſis Scænica progymnaſmata, hoc eſt | ludicra præexercitamenta || SEBASTIANVS BRANT | 4 Disticha. | Am Ende: Tubingæ in ædibus Thomæ Anshelmi Badenſis | mense Ianuario. M.D.XVI.

10 Bl. 4°. Panzer VIII, 326 nr. 43. Riederer Nachrichten IV, 365.

Steiff a. a. O. S. 126 nr. 83. — In Hamburg, Stuttgart, Wien.

Übereinstimmend mit Nr. 7, doch mit dem Druckfehler 21 uendo, 145 ait statt agit, dagegen richtig 324 nomencalator.

1518.

16. Joānis Reuch | lin Phorcenſis Scenica | Progymnaſmata. Hoc eſt. Ludi- | cra præexercitamenta. || Sebaſtianus Brandt. | 4 Disticha. | Nihil ſine cauſa. | OLPE. Am Ende: Lipſiæ ex ædibus Valentini Schumañ | Anno domini Milleſimo quin- | genteſimo octauodecimo. Titeleinfassung.

11*

12 Bl. 4°. Panzer VII, 204 nr. 667. — In Breslau. (Das Exemplar stammt aus dem Conventus Glogoviensis ad s. Stanislaum ep. et mart.)
Ohne wesentliche Abweichungen von der ed. princ.

1519.

17. **Joannis | Reuchlin Phor** | cēſis Scenica Progymnaſ | mata. Hoc eſt. Ludi - | cra præexer- | citamēta. || Sebaſtianus Brandt. | 4 Disticha. | Nihil ſine cauſa. | OLPE. Titeleinfassung. Am Ende: **Lipſie er edibus Valentini Schumañ Anno domini Milleſimo quin-| genteſimo vndenigeſimo.**
10 Bl. 4°. Panzer VII, 210 nr. 721. — In München, Wernigerode.

Diese durchweg in gotischer Schrift gedruckte Ausgabe (nur Bergmanns Brief und die Didaskalie sind in Antiquaschrift gedruckt) gehört zu den fehlerhaftesten der Schumannschen Ausgaben: 34 aureus, 53 incendo, 74 curam, 98 ridimiculum, 135 veniam mea, 175 libera, 192 antiqui statt atqui(e), 193 scortator, 239 veniat, 244 ferre, 257 ſidem tuum, 318 paupertacule, 341 ad statt id, 425 nega quod nil, 427 solus, 430 scelsus, 431 ad statt at, 453 rethorum, 465 Ergn.

1521.

18. IOANNIS REVCHLIN Phorcenſis Progymnaſmata. Hoc est Ludicra præexercitamenta. Sebastianus Brant. 4 Disticha. Nihil ſine cauſa. Olpe. Am Ende: Lipſie ex aedibus Nicolai Fabri. Anno domini Milleſimo quingenteſimo vigoſimo primo. 4.
Panzer VII, 219 nr. 813. — Von mir nicht angetroffen. In Zwickau nicht mehr vorhanden.

19. **Joannis Reuchlin Phor·** | cēſis Scenica progymnaſ | mata. Hoc eſt Ludi-cra præexerci - | tamenta. Am Ende: Lipſiæ in ædib9 Valentini Schumañ. | Menſe Septemb. Anno dñi | M.D.XXI. Titeleinfassung mit Randleisten.
10 Bl. 4°. Nirgends citiert. — In Hamburg.

Sehr fehlerhaft: 14 Authoro, Germanico, 25 sutulis, 60 pracco, 63 praecari, 74 curam, 101 balniendi, 104 admones, I, 2 ELRA, 129 chara etc., aufser den sonst schon bekannten Fehlern noch 197 laetuis, 259 Panumque, 294 Zolius, 297 rethor, 321 promito, 324 nomenclator, 325 compereo, 336 sentia, 345 adhuc, 364 vigunt, 379 concilio, 383 pollicitos, 460 quanta statt qua nata.

1523.

20. IOANNIS REUCH-|LIN PHORCENSIS SCAENICA PRO|GYM-NASMATA, HOC EST LV-|DICRA PRAEEXERCI-|TAMENTA. ||

SEBASTIANUS BRANT. | 4 Distichen. Am Ende: Viennæ Pannoniæ in ædibus Ioannis | Singrenij. Anno M. | D.XXIII.
12 Bl. 4°. Panzer IX, 47 nr. 263. Denis, Merkwürdigkeiten der garellischen öffentlichen Bibliothek. Wien 1780. S. 273. — In München.

Ohne Bergmanns Brief, aber mit dem vollständigen Anhang der ed. princ. Nicht frei von Fehlern: 40 Ludo & scortor, 243 suffarcinatae, 297 rehtor, 304 caedo, 324 abest nomenculator, 327 praeciique nil nihil soluerit, 376 vertis, 426 Adiere interque iudicio, 431 ad id, 466 coninges.

1614.

21. HENNO | COMOEDIOLA | RUSTICO - LUDICRA, | à | JOANNE CAPNIO- | NE PHORCENSE, U.J.D. | ante centum annos scripta, | et | Nunc iterùm publicata. | GELASIMUS STICHO | Act. 2. Scen. 1. v. 68. | Logos ridiculos vendo, agite lice- | mini. | Vignette. | MAGDÆBURGI, | Excudebat Ioachimus Boëlius, Im- | pensis Ambrofij Kirchneri. | ANNO M.DC.XIV.
24 Bl. 8°. Goedeke I, 414, 5 x. — In Berlin, Hannover, Wernigerode, Wolfenbüttel.

Der Herausgeber, Valentin Cremcow zu Magdeburg, hat sich willkürliche Änderungen des Textes erlaubt: 33 tantillum statt talentum, 44 adoriar, 47 uti statt quod, 53 resarctis, 55 oppidulum, 89 absente, 115 etiam statt clam, 137 scis, 141 Virum, indicet peculii huius ut furem, 145 quem (diese Änderung ist allerdings richtig, während die Handschriften und alle Drucke quam haben), 152 fehlt virtute, 160 seu denique sit praesens aut sit praeterita, 171 credo statt cedo, 191 ausgelassen, 195 tecum arcta, 207 egeneti, 220 ancillarier sibi, 222 quia inter se amant nonnihil Dromo, 228 atque statt usque, 242 super, 256 pannum statt pecuniam, 259 pannum quoque etc.

1615.

22. HENNO | COMOEDIA FESTIVA | IOANNIS | REVCHLIN PHOR- | CENSIS, | sive | Scenica ejusdem progymnasmata, | ludicráve præexercitamenta: | HEIDELBERGAE ANNO | Christi 1497. 31. Januarij, | IN HONOREM IOANNIS DAL- | BVRGII VVORMACIENSIS | EPISCOPI | magna acclamatione & gratulatione, | quod Germanus Poeta tale quid | tentaffet, acta: | Anno Christi 1498. | Bafileae: | Jam verò in ufum Scholæ | Budiftinenfis denuò edita. | TYPIS NICOLAI ZIPSERI. | ANNO CHRISTI 1615. Am Ende: BUDISSIN.Æ | TYPIS ZIPSERIANIS.
16 Bl. 8°. Goedeke I, 414, 5 y. — In Wolfenbüttel.
Vollständiger Abdruck der ersten Ausgabe.

1765.

23. Gottschods Abdruck im Nötigon Vorrat II, 146 ff. enthält folgondo Abweichungon: 56 voluptuarios mihi viros, 62 nostram quae, 209 caiquam, 461 fragari.

B. Ausgaben mit Spiegols Kommentar.

1512.

24. (1.) IOANNIS REVCHLIN PHORCENSIS | fcœnica progymnafmata, hoc eſt ludicra | prœexercitamenta, cum explanati | one Iacobi Spiegol Seleſtani. | Am Ende: Tubingœ in œdibus Thomœ Anshelmi| Badenſis menſe octobri M.D.XII. | ſub illuſtri principe Vdalrico | Vuirtenbergenſi. | Druckerzeichen.

84 Bl. 4°. Foliiert von Aij° — Q 3° = II—LXXIX. Seite C 4° iſt leer geblieben und hat folgende Bemerkung: Erratum eſt hic in supputatione poſitionis & nihil omiſſum. Verto paginam & mox ſoquitur Loco uix credito &o. Im Text gröſsere, im Kommontar kleinere Typen. Melodien zu den Chören.

Panzor VIII, 323 nr. 13. Steiff a. a. O. S. 93 nr. 36. Knod, Jakob Spiegel. Schlettstadt 1884. S. 35. — In Berlin, Dresden, Greifswald, Göttingen, Halle, Heidelberg, München, Nürnberg (Germ. Museum und Stadtbibliothek), Schlettstadt, Stuttgart, Tübingon, Wien, Wolfenbüttel, Würzburg.

1519.

25. (2.) IOHANNIS|REVCHLIN PHORCEN|SIS SC.ENICA PRO|GYM-NASMA|TA, HOC EST|ludicra prœexercitamenta, cum|explanatione Iacobi Spiegel | Seleſtani. Caef. Secret. | Titelbordüro.|Am Ende: Hagenoœ, apud Thomam Anshelmum Badenſem. Anno M.D.XIX. Menſe Maio. | Druckorzeichen.

82 Bl. 4°. Foliiert II—LXXVI; so verdruckt ſtatt LXXIX. Im Text gröſsere, im Kommentaro kleinere Typen. Ohno Melodien zu den Chören.

Panzer VII, 88 nr. 165. — In Breslau, Dresden, Hamburg, München, Nürnberg (Stadtbibliothek), Stuttgart, Wernigerodo, Wien, Würzburg, Zwickau.

Abweichungen der beiden Ausgaben: 6 ſtilo — stylo, 104 admones — adinonet, 153 Ptolemeus — Ptolomæus, 155 cclitus — caelitus, 156 errorum — erronum, 216 debuisses — debusses, 230 ueneant — uçneant, 240 uenum — uçnum, 294 Torsita — Thersita etc. Sie enthalten weder Bergmanus Brief noch die beiden Schluſsgedichte, dagegen die Didaskalie, welche Spiegol auf Simlers Wunsch mit erklärenden Anmerkungen begleitete.

II. Sergius.

A. Textausgaben.

S. 1. et a.

1. **Comoedia cui no·|men Sergius Joannis | Capnicis vulgo Reuch|lin phorcñ LL. doc| toris latine grece | et hebraice | doctiſſ·|mi.**
12 Bl. 4°. — In München.
Ohne Akteinteilung. A 2 Prologus. Am Schluſs: Finit prologus.
A 2ᵇ INCIPIT ACTVS | HELVO. B 5ᵇ DEO GRACIAS | CHORVS CVM CHORAVLE. B 6 mod. EPILOGVS. B 6ᵇ leer.

2. **Comoedia cui no·|men Sergius Ieannis Capnionis | vulgo Reuchlin phorceñ. | LL.** Doctoris he|braice grece | & latine | doctiſſi|mi.
[Am Ende: Impreſſum Wittenburgii in efficina Trebeliana.]
12 Bl. 4°. Panzer IX, 90 nr. 319. — In Wolfenbüttel (Bl. B 6 fehlt; Druckert nach Panzer ergänzt.)
Goring abweichend von Nr. 1.
Nr. 1 und 2 die ersten Ausgaben des Sergius, welche aller Wahrscheinlichkeit nach dem Jahre 1504 angehören. Sie enthalten einen Chorgesang, der in allen anderen Ausgaben fehlt. Der Text scheint der ursprüngliche zu sein; er weicht erheblich von dem der anderen Ausgaben ab, deren Herausgabe dem Verfasser vermutlich nicht zuzuweisen ist.
Auch Nr. 1 dürfte eine Wittenberger Ausgabe sein. Das München er Exemplar befindet sich in einem Mischbande, welcher noch andere mit einem poetischen Geleite Hermann Trebels aus Eisenach versehene Schriften des Mag. Heinrich von Northeim (Henricus Aquilonipelensis) enthält, z. B. seine 'Sophologia de originibus arcium et quattuor facultatibus Achademiae Albiberospolitanae' 12 Bl. 4°. O. O. und J.[1]

3. **Joannis Reuchlin Phorcenſis Ser·|gius** vel capitis caput. Bild: Bischof und Mönch. — Akteinteilung. Text der 2. Rezension.
10 Bl. 4°. — In Göttingen.
Auf der letzten Seite Bild mit einem Bande, das das Druckerzeichen W. B. trägt. Das Bild zeigt einen Henker, der einen jungen Höfling im Beisein zweier Mönche im Kerker zum Geständnis seiner Verbrechen zu bringen sucht.

4. **Joannis Reuch|lin Phorcensis Sergius vel | Capitis caput. || Am Ende:** ImPRESSVM HEYDELBERGE.
12 Bl. 4°. — In Berlin. — Text der 2. Rezension.

---

1) Allg. deutsche Biogr. XXIV, 22. Die obige Schrift ist hier nicht genannt.

1517.

5. **Joānis Reuch|lin Phorcēſis CC. bo•|**ctoris colobratiſſimi Sorgius vol | Capitis caput·:· Bild: dor heilige Georg tötet den Drachen. Titelbordüre. Am Ende: Lipſie in ædibus Valentini Schumañ | Anno domini Milloſimoquingen - | teſimodecimoſeptimo. Druckerzeichen. 12 Bl. 4°. Panzer VII, 200 nr. 627. — In Dresden, München. Text der 2. Rezension.

1520.

6. **Joānis Reuch•, lIn Phorcēſis CC. Docto•|**ris celebratiſſiui Sergius vel Capi-|tis caput. | 2 lateinische Disticha des Joh. Hornburg, ein griechisches des Christoph Hegendorffor. Am Ende: Lipsiæ in ædibus Valentini Schuman | Anno domini Milleſimoquingente | ſimo vigeſimo,
12 Bl. 4°. Panzer VII, 215 nr. 762. — In Breslau, Hamburg, München, Wornigorode.
Der Herausgeber ist Andreas Althamer.

B. Ausgaben mit Simlers Kommentar.

1507.

7. (1.) **Joānnis Reuchlin Phor|**cenſis Sergius uel Capitis ca | put cum commentario | Georgij Symler.
aij dio Abhandlung des Euanthius-Donatus 'de comoedia.' aiij—kᵇ der Text der Komödie mit eingefügtem Kommentar. kij Brief Simlers an Reuchlin. kijᵇ med. unter dem Briefe: Phorce in ædibus Thomæ Anshelmi | Anno. M.D. VII. menſe | Septembri. Darunter Anshelms zweites Druckerzeichen. kiii—k6 **Jnder In Sergij cōmentarios.**
50 Bl. 4°. Foliiert von aij• bis k• = I — LXXXVII (dabei irrtümlich fol. XIX statt XXIX), dann folgen noch 4 unbezifferte Blätter. Im Text der Komödie gröfsere, im Kommentar kleinere Typen.
Panzor VIII, 229 nr. 101. Serapeum XXII, 121 nr. 21. — In Breslau, Göttingen, Heidelberg, Klosterneuburg, Leipzig, Stuttgart, Wien, Wolfenbüttel, Würzburg, Zürich (Stadtbibl.).

1508.

8. (2.) **Joānnis Reuchlin Phor|**cenſis Sergius uel Capitis caput | cum cōmentario Georgij | Simler Vuimpinöſis. Bl. kijᵇ med: Phorco in ædibus Thomæ Anshelmi | Anno. M.D.VIII menſo | Aprili.
Übereinstimmend mit Nr. 7, doch findet sich richtig fol. XXIX statt XIX.
Panzor VIII, 230 nr. 22. Serapeum XXII, 121 ur. 21. — In Berlin, Göttingen, Hamburg, Leipzig, München, Stuttgart, Wolfenbüttel, Zürich (Stadtbibl.)

9. (3.) Joannis Reuchlin phor | cenfis Sergius uel Capitis ca | put cum commentario | Georgij Symler.

Übereinstimmend mit Nr. 8, aber mit dem Druckfehler der Ausgabe von 1507 (Nr. 7): fol. XIX (statt XXIX). — In München.

1513.

10. (4.) Joannis Reuchlin phorcen | fis LL. doctoris celebratiffimi Sergius | uel Capitis caput, cum commen | tario Georgii Simler | Vuimpinenfis.

A⁵ die Abhandlung 'de comoedia.' Aiij*—H 4* Text der Komödie mit eingefügtem Kommentar. H 4ᵇ—Jiij⁵ Brief Simlers an Reuchlin und der Index. Am Ende (J 4* med.): Tubingæ in ædibus Thomæ Anshelmi | Badenfis. Anno M.D.XIII. | Menfe Aprili. | Druckerzeichen.

44 Bl. 4°. Foliiert bis gegen den Schlufs hin = II—LXXVII, dann noch 5 ungezählte Blätter. Im Text der Komödie gröfsere, im Kommentar kleinere Typen.

Panzer VIII, 324 nr. 10. Serapeum XXII, 122 nr. 24. Steiff a. a. O. S. 100 nr. 44. — In Breslau, Dresden, Kulm, München, Stuttgart, Tübingen, Wien, Zürich (Stadtbibl.).¹

III. Comoediae duae (Scaen. prog. et Sergius.)²

1510.

1. O foelix Colonia | IOAN. | REVCHLIN | PHORCEN | fis. LL. doctoris comœdiæ duæ, | SCENICA PROGYM | nafmata, hoc eft ludicra praeox- | ercitamenta, Et | SERGIUS VEL CAPI | tis caput. | Prachtvolle Titelbordüre. | Am Ende: Coloniae in aedibus Eucharii Coruicorni, | Anno uirginei partus. M. D. | XIX. menfe Maio.

20 Bl. 4°. Goedeke I, 415, 6 d. — In Göttingen, Oldenburg. Enthält nur den Text und am Ende das Gedicht des Dracontius mit der sonderbaren Überschrift: Jacobi Dracontii in Joannis Reuchlin Forcenfis comœdias comendatio. B 4 beginnt der Sergius, die 'comoedia posterior Joannis Reuchlin, in qua non minus leporis quam eloquentiae.'

---

1) Dem Breslauer, aus dem Conventus Glliuicenfis ad s. Crucem stammenden Exemplare fehlt Bl. J 4 a, dagegen enthält es noch die letzten Bogen des Anshelmschen Druckes des Dialogus mythologicus des Bartholomaeus Coloniensis vom Jahre 1511.

2) Die Annahme, dafs die beiden Komödien in vereinigtem Druck zuerst Tüb. 1512 und Tüb. 1513. 8° erschienen seien, ist eine irrtümliche. S. auch Steiff a. a. O. S. 199 nr. 2 3. Dasselbe gilt von den von Goedeke I, 415, 6 c und e angeführten Ausgaben Lips. 1514. 4°. und Lips. 1521. 4°., welche wahrscheinlich mit den zu derselben Zeit erschienenen Einzeldrucken der Scaen. prog. und des Sergius verwechselt worden sind.

Der Buchdrucker Eucharius Hirtzhorn (Cervicornus) druckte von 1517—1526 in Köln, besonders für den Buchhändler Gottfried Hittorp, der gern Werke der klassischen Litteratur verlegte.[1]

1534.

2. IOANNIS|REVCHLIN PHORCENSIS. LL. | doctoris comœdiæ duæ, Scenica progymnafma | ta, hoc est, ludicra præexercitamenta | Et, Sergius uel Capitis | caput. | Coloniæ excudebat Ioannes Gymnicus | ANNO MDXXXIIII. | Am Ende: Comœdiarum Joannis Reuchlin Phor- | cenfis finis

24 Bl. 4°. Panzer IX, 437 nr. 767c. — In Bremen.

Enthält nur den Text; die Melodien zu den Chören der Scaen. prog. sind genau nach drei Stimmen: Discantus, Tenor und Bassus gegeben.

Johann Gymnich, Buchdrucker und Buchhändler zu Köln 1516 bis 1544, verlegte meist griechische und lateinische Klassiker.[2]

1537.

3. IOAN|NIS REVCHLIN Phorcenfis. LL. doctoris co | mœdiæ duæ, Scenica progy- | mnafmata, hoc est, ludicra | præexercitamēta Et Ser| gius uel Capitis caput. | Coloniæ excudebat Ioan | nes Gymnicus Anno D.M. XXXVII. (!) — Am Ende: Comœdiarum Ioannis Reuchlin Phor- | cenfis finis.

24 Bl. 8°. — In München (unvollst.), Zwickau.

Übereinstimmend mit Nr. 2.

1540.

4. IOANNIS¡REVCHLIN PHOR-|CENSIS LL. DOCTORIS CO-|mœdiæ duæ, Scenica progymnafmata, hoc | est, ludicra præexercitamenta.| Et Sergius uel Capi-|tis caput. | COLONIAE apud Joann. Gymni-cum. | Anno M.D.XXXX. Am Ende: Comœdiarum Ioannis Reuchlin Phorcenfis | FINIS.

24 Bl. 8°. — In Leipzig (Univ.-Bibl.), Zwickau.

Übereinstimmend mit Nr. 2.

1544.

5. Eine bei Joannes Crinitus zu Antwerpen 1544 20 Bl. 4° erschienene Ausgabe nennt Brunet IV, 1254.

---

1) Allg. deutsche Biogr. IV, 22.
2) Allg. deutsche Biogr. X, 244.

D. Personenverzeichnis.

E. Ortsverzeichnis.